後宮妃の管理人 五

～寵臣夫婦は愛を知る～

しきみ彰

富士見L文庫

目次

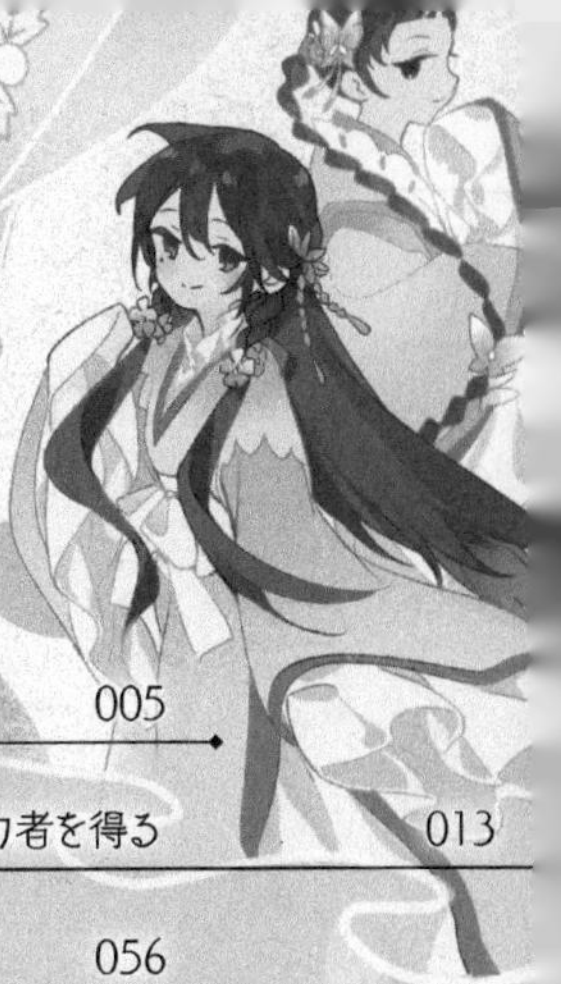

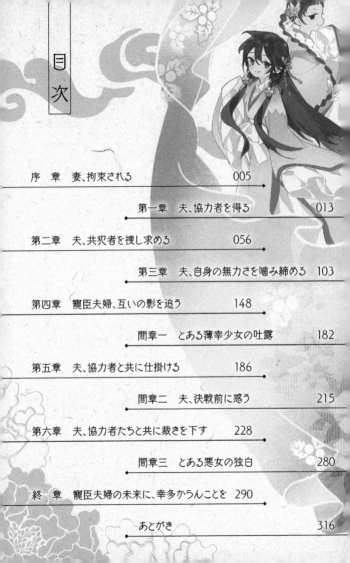

序章　妻、拘束される

　とても簡素で、寂しい場所だった。

　あるのは卓が一つと、椅子が二脚だけ。逃走防止か、はたまた相手を精神的に追い詰めるためか。鉄格子をはめ込んだ小さな窓からわずかに光が漏れている。

　そう、ここは尋問室だ。罪人か、罪人だと疑われた人間のみがくる場所である。

　朝からそんな場所に放り込まれた珀優蘭《はくゆうらん》は、内心鬱々《うつうつ》としていた。しかしそれを表に出してたまるものか、とやけくそ気味になりながら、向かい合う形で座る一人の高官を一瞥《いちべつ》して笑みを浮かべる。

「それで。一体どういった理由で、私が賢妃《けんひ》様暗殺未遂容疑をかけられているのでしょう？」

　そして、目だけはしっかりと前を見据えて、はっきりとした口調で告げた。

　珀優蘭。

　健美省《けんびしょう》の長官である彼女が何故《なぜ》このような場所に連れてこられたのか。それは、刑部《けいぶ》

――司法を担当する部署に、『賢妃暗殺未遂容疑』をかけられてしまったからだ。

『現状はまだ調査の段階なので、お話だけでもお聞かせ願えませんか?』

そう言われたときはとても物腰が柔らかで、話くらいならしてもいいかな、などと思えたのに、尋問室に入れられてからは一変、今にも射殺そうと言わんばかりの目で見られている。

人の第一印象って、本当にあてにならないわねえ……。

この程度の印象操作にも気づけないようでは、自分もまだまだだな、なんて考えつつ、尋問官の視線をのらりくらりとやり過ごす。そして、何故こんなにも疑いの眼差《まなざ》しを向けられているのかを考えた。

う一ん。証拠が出てきた、とか?

しかしそれなら、優蘭は尋問室に入れられるより前に牢屋《ろうや》に入れられていただろう。あんな風に丁寧な対応をして騙《だま》す、なんていう真似《まね》をしなくても良かったはず。

そう考え、優蘭は自身がこれからどのような行動を取るべきか見極めることにした。内容によっては、妃《きさき》たちを守ることを優先するべく自分を犠牲にすることも視野に入れている。

その上で、取り調べを担当している刑部尚書《しょうしょ》・尹露淵《いんろえん》の話を聞く。漆黒の官吏服を身にまとった黒髪黒目の彼は、優蘭の目を真っ向から見つめて話を切り出した。

「数日前、賢妃様の毒味役である陶丁那《とうていな》が自ら罪を告白してきたのです。――珀長官。あなたに毒を盛れと命じられた、と」

予期せぬ名前が出てきて、優蘭はとても戸惑った。

あの薄幸少女が、そのような罪の告白を……？

彼女に最後に会ったのは、後宮内に設置された書庫『玉紫庫《ぎょくしこ》』でだ。

正直言って、暗殺者として送り込まれてきたとは到底思えない。しかし毒殺の良《い》いところは、力の弱い少女でも大人を殺せることで。なら、あり得ない話ではないのかもしれない。

あんな子が暗殺をしなければならないなんて、あまり考えたい話ではないけれど。

「……陶丁那が私に、ですか？　毒殺と言えば先日起きた、『後宮内連続毒殺偽造事件』がありましたが、それとは全く別の件で……ということです？」

「はい」

にっこり。嫌味なくらいの満面の笑みで頷《うなず》かれる。

一体何を言っているのだ、馬鹿馬鹿しい。そう思っていた優蘭だったが、露淵から話を聞いていくうちに明らかに犯人に仕立てられていることに気付いてぞわりと背筋が震える。

それでもなんとか平静を保とうとしたが、続く言葉に耳を疑った。

「しかも陶丁那自身は、幼少期からあなたと関わりがあったと言っています。その証拠に、彼女は幼い頃から少量の砒素《ひそ》を服用させ続けられ、毒が効かない体にさせられていたと発言しました」

「……は？」

全く予想もしていないことを言われると、人というのは言葉を理解するのを拒むのだなと他人事《ひとごと》のように思う。だが意味を理解していくうちにじわじわとこみ上げてくるものがあった。

私が、陶丁那に砒素を飲ませ続けて彼女を暗殺者に仕立てたと？　つまり、そういうこと？

よりにもよって、この世で一番憎んでいる砒素を使って。しかもかなり前から暗殺者を作り上げていたと、そう疑われているらしい。

この世で一番かけられたくない嫌疑に、優蘭の怒りが一気に頂点に達する。そのせいか逆に頭が冷静になって、自分自身が他人のような、そんなふわふわした感覚に陥った。

優蘭の顔からごっそりと表情が消えたことに気づかない露淵は、真相を聞き出そうと尚《なお》も話を続ける。

「『本当ならば毒が効かない自分が毒味を済ませた後に賢妃様を毒殺する』。それが作戦だったようですが、彼女自身がそれに抵抗を感じ、今回賢妃様を殺害する前に罪を告白しにきたと言っていました」

その話を最後まで聞き終えた優蘭は、少なからず安心していた。今回の黒幕が指示を出したのか、それとも丁那自身が躊躇《ためら》ったのかは分からないが、賢妃・史明貴《しめいき》の身に何も起きていないことが分かったからだ。

明貴は優蘭が守るべき対象であり、また大切な人の一人だ。皇帝が最初に愛した人でもある。心身ともに傷ついていた彼女がこれ以上傷つくことがなかったのは、よかった。

だからといって、やってもいない罪を被《かぶ》るかと言われたら答えはいいえだ。

優蘭は露淵の目を見て口を開いた。

「……私が、陶丁那と繫《つな》がりがあると。どうしてそう思われたのでしょう。私が彼女の存在を知ったのは、秀女選抜の際なのですが」

「はい、存じております。少し調べましたが、あなたは秀女選抜の際、彼女を審査しておりました。そして、彼女を下級女官にした」

「審査内容も、実際に話をした際の印象を鑑《かんが》みても問題ないと判断したために選抜しましたが、それが何か？」

「いいえ。しかしあなたと玉紫庫の休憩室でやり取りをしたと、陶丁那は言っています。そしてそれを見ていた女官もいました」

それを聞いた優蘭は、ぐるぐるといつも以上に回る頭で考えた。

この状況だけで私を犯人と断定することは、ほぼ不可能だわ。

というのも、今回優蘭が黒幕だと疑われているのは、丁那の言葉があったからだ。丁那が真実を言っているという前提がないといけない。

そして露淵も、その証拠だけでは優蘭を真犯人にできないからこそこうして話し合いの場へ呼んだのだ。優蘭がここでぼろを出せばいいと思っているのだろう。声を荒げて怒れば、それこそ露淵の思う壺《つぼ》だ。

だから優蘭は、余裕のある姿勢は崩さないまま露淵に向かって笑みを浮かべた。

「それで。それが私が犯人だという証拠になりますか？」

「……そうですね。少なくとも現状のものだけでは、あなたが黒幕だという決定的な証拠にはなりません」

「そうです。あなた方の主張はあくまで、陶丁那が真実を言っている、という前提でのもの。もし彼女が嘘《うそ》つきということであれば、とんだ茶番になってしまいますね？」

その程度の状況で私を拘束するなんて、もしかしてあなたが私をはめようとしているんですか？　それとも、ただの無能？

そんな含みのある毒という毒を込めた言葉を、満面の笑みと共に投げてやる。

それでもさすが刑部尚書というべきか。片眉《かたまゆ》をピクリと動かしただけで、優蘭の煽《あお》りに乗らずこくりと頷いた。

「おっしゃる通り、捕まって罰せられるのは、陶丁那だけでしょう。今回もあくまで、お話を伺いに来ただけですし」

「そうですね。でしたらこうして私を拘束し続けるのは、不当なのでは？」

暗に「さっさとここから出してもらえませんか？」と言う。しかし露淵の様子は変わらない。むしろ、どことなく余裕があるようにすら見えた。

なんでこんなにも余裕そうなの、この人？

そう訝《いぶか》しんでいると、露淵が言う。

「その件ですが。今回は賢妃様暗殺疑惑、しかも後宮内で毒に慣らした毒味役を使っての毒殺画策という、悪逆極まりない方法を取っています。そのため、もしあなたが犯人ならばその罪はとても重い。よって、わたし自ら陛下に申し立てをしたのです。陛下はそれを受理されました」

「……はい？」

事態がまるで摑《つか》めない。ただ、優蘭にとってそれが良い展開でないことだけは分かった。

困惑する優蘭を見ながら、露淵は言う。

「ですので珀長官。あなたの身柄をこれから一ヶ月間、押さえさせていただきます」

「……決定的な証拠がなくとも、ですか」

「はい」

それを聞いた優蘭は、じんじんと痛みを訴え始めた頭を押さえたくなった。だがこの男の前で弱みを見せるのは癪《しゃく》なので、努めて表情を取り繕う。

ほぼ初対面にもかかわらずぞんざいな扱いをしてくるこの男に対しても文句は言いたい。が、今一番物申したいのは皇帝に対してだった。

この一件をどういう意図で許可したのか知らないけれど……ほんと、人のことを振り回すのもいい加減にしなさいよ!?

そんな優蘭のこころなどつゆ知らず、露淵は淡々と言葉を重ねる。

「先ほども言ったように陛下には了承いただいておりますので、あなたがこの話を拒否することはできません。公平な調査をさせていただきますので、そのおつもりでいてください」

何も言うことができず、優蘭は冷めた目で露淵を見た。こんな目を人に向けるのは、皇帝に続いて二人目かもしれない。

そんな優蘭の視線に対し、露淵はただ「このような形で新年を迎えることになってしまい、残念ですね」とだけ言って、そっとその場から立ち去ったのだ――

第一章　夫、協力者を得る

珀皓月《はくこうげつ》。

珀優蘭《はくゆうらん》の夫であり右丞相《うじょうしょう》──皇帝の宰相の一人である彼がその話を聞いたのは、皇帝である劉亮《りゅうりょう》の執務室でだった。

その日、皓月は使用人経由で呼び出しを受けて、朝早くから出勤していた。久々に二日酔いで頭痛がしたが、仕事とあれば仕方ない。

だが正直言って、優蘭に何も言うことなく出勤しなければならないことに、少なからず苛立《いらだ》ちを覚えていた。

昨日は気分が高揚していたせいかだいぶ酔ってしまい、優蘭相手にとんでもないことをしてしまった。

──酔った勢いで告白しただけでは飽き足らず、頬に口づけをしてしまったのだ。

言ったこと自体は真実ですし、そこは何も問題ないのですが……かといって、酔った勢いで言っていいことでも、行なっていいことでもありませんでした。

しかもそこから先の記憶が全くないというのが、本当に情けない。だからこの緊急呼び出しさえなければ、優蘭に事情を説明して、愚かな行ないを謝罪するつもりだったのだ。

なのに、何故《なぜ》こうしてここにいなければならないのか……。

しかしその苛立ちをどうにかこらえて、仕事をしていたときだった。

劉亮がこう言ったのは。

「皓月。珀優蘭を、とある屋敷《やしき》で軟禁することになった」

「……は？」

仕事の合間のほんの軽口、とでもいうように伝えられた言葉に、皓月の思考が一瞬停止した。しかしすぐに言葉の意味を理解すると、顔を思い切りしかめて聞き返す。

「今、なんとおっしゃいましたか、主上」

「だから。珀優蘭を拘束することになったと言ったのだ」

「……今直《す》ぐ理由を聞かせてください、今直ぐに」

劉亮は面倒臭そうに確認書類の整理をしながら、さらに面倒臭そうな顔をして溜息《ためいき》をもらす。しかし皓月の凄《すさ》まじい視線を感じて、持っていた筆を下ろし彼を見た。

「数日前な、一人の少女が自らの罪を認めてきたのだ。明貴《めいき》の毒味役、陶丁那《とうていな》だ。彼女、なんと言ったと思う？」

「……賢妃《けんひ》様を暗殺しようとした？」

「正解だ。正しく言えば、明貴を毒殺しようとしていた、だな」

自らが手を下すわけではなく、毒殺しようとしたらしい。そのとき、皓月の脳裏に今にも消えそうな儚《はかな》げな少女、丁那の姿が浮かんだ。

あんな少女が、暗殺を自供したのですか……？

しかも、よりにもよって明貴を。

劉亮と明貴の関係性がいかに入り組んでいるかを知っている皓月は、劉亮の顔色を窺《うかが》いながらも声を裏返して言う。

「まさか、毒味をしたふりをして毒味していない食事を賢妃様に食べさせようとしたのですか？　それとも、毒味後の料理に毒を盛ったと？」

「残念だが、事態はもっと深刻だ」

劉亮は珍しく真面目腐った顔をして、心底気色が悪いとでも言うように顔を歪《ゆが》めた。

「陶丁那が言うには、彼女は幼い頃から砒素を少量ずつ取らされ続けて、砒素毒の効かない体になっていたらしい。つまり、毒味として役に立たないが、暗殺者としては役に立つ体にさせられた……ということだな」

「……っ」

あまりのことに言葉を失う。同時に皓月はそれと似た話を、悲しそうに、同時に燃え盛るような怒りの感情と共に語る女性の姿を思い出していた。

優蘭だ。

綺麗《きれい》な白い肌を手に入れるために砒素《ひそ》を毒だと知らずに服用し続けた、異国の悲劇の令嬢。その話を、優蘭は皓月に出会ってから少ししてしてくれた。

それと同時に、陶丁那の話と優蘭が軟禁されることが一体どう関係するのかと思う。だが皓月はなんとなく、予感していた。

それも、悪いほうに。

「……もしかしなくとも、陶丁那が優蘭が黒幕だと、そう言ったから……などは仰《おっしゃ》いませんよね」

限界まで拳《こぶし》を握り締めながら低く問えば、無表情の劉亮と目が合った。その顔が全てを物語っていて、全身が産毛立つ。

「その、まさかだ」

「主上はそれを信じたというのですか」

ぶるぶると握り締めた拳を震わせながら、皓月は低く這《は》うような声で告げた。自分でも驚くほど怒り狂っていて、どうにも我慢ならない。

その言葉を信じるのであれば、優蘭がずっとずっと昔から、暗殺者を育てて悪事を働くつもりだったと。そういうことになるではないか!!

しかもその方法が、よりにもよって優蘭自身が何よりも憎んで止《や》まない砒素毒を使ったものだというではないか。彼女のことを誰よりも知っている皓月からしてみたら、そんなことたまったものではない。

思わず劉亮に食ってかかろうとすれば、劉亮はいつもより焦った口調で声を上げた。

「話は最後まで聞け、皓月！　余も、珀優蘭が黒幕だと疑っているわけではない！」

「なら何故、軟禁など。しかも先ほどの口ぶりからして、自宅軟禁というわけではないのでしょう？　ならそれは不当な扱いなのではありませんか？」

「逆だ。珀優蘭を守るための措置だ！」

「……守る？」

そこでようやく皓月の頭が冷めてきた。話を聞こうと次の言葉を待っていると、劉亮が溜息をこぼしながら口を開く。

「実を言うと、陶丁那は最近、珀優蘭と書庫で会っていたらしい。内部調査の末、それが分かった。目撃者がいたらしい」

「つまり、優蘭が主犯だという条件が揃《そろ》いすぎていると？」

「ああ、そうだ。そのときに何もしていなかったとしても、いささか分が悪い。それに秀女選抜の際に陶丁那の面接をしたのが珀優蘭だということも、彼女の立場を悪くしている一因でな」

「……優蘭が意図的に、黒幕に仕立てられるような立場に追いやられている、ということでしょうか」

「そうだ。珀家の人間ということもあり、この程度の証拠では罪人には成り得ないが……それでも、珀家が隠蔽《いんぺい》したなどという下手な噂《うわさ》が流れれば、珀家も無傷ではいられまい。そして今回の紫金会《しきんかい》からの動きを見ても、珀家が相手の狙いということは分かっている。故に、珀優蘭を慶木《けいぼく》の屋敷で一ヶ月拘束することにしたのだ」

その言葉を聞き、皓月は自身の頭が勢いよく回転していくのを感じた。

主上がわざわざ慶木の屋敷を選んだのは……今回の一件で優蘭を拘束するのに、彼が一番適任だと思ったからでしょう。

第一に、慶木は珀家の敵対派閥である郭《かく》家の人間だ。その家で拘束するとあれば、皇家、また珀家に対する糾弾は幾らかましになるだろう。少なくとも半月ほどは静かにしているはずだ。

第二に、慶木は敵対派閥の中で唯一皓月が信用している人間だ。他の屋敷ならいざ知らず、慶木ならば優蘭を無下に扱ったりはしないだろう。

第三に、一ヶ月、という期間は。

「一ヶ月。それは、優蘭を守ることができるぎりぎりの期間……ということですよね」

「そうだ。余がなんとか捻《ひね》り出した期間だぞ？」

「ありがとうございます……と素直に言いたいところですが。どうせ、年末年始に罪人を裁くのは縁起が悪いだとかなんだとか理由をつけられたのでしょう？　普段は行事ごとを粗末に扱われるのにこういうときばかり利用するんですから、本当に主上はタチが悪い方ですよね」

「ははは、最高の褒め言葉ではないか。ありがとう皓月」

「……いえ。こちらこそ、ありがとうございます」

素直に頭を下げた皓月に、しかし劉亮は真剣な表情で言う。

「愚か者、礼を言うのはまだ早い。これは同時に、珀優蘭の無実の罪を晴らすために取れる調査期間ということだ。それは分かっているな？」

「はい、もちろんです」

「なら良《い》い。そなたも重々承知していると思うが、この一件で余が大きく動くことはできぬ。さすれば、今保っている宮廷の均衡を崩すことになるやもしれぬからな」

皓月はこくりと頷《うなず》いた。

「十二分の配慮をしていただきました。これ以上は望みません」

「ならば良い」

そう言ってから、劉亮は頬杖《ほおづえ》をつきながら皓月の目を見た。

「真相を明らかにできなければ、余は自身の立場を守る意味でも、珀優蘭を切り捨てる選択をしなければならない。この意味が分かるか？」

「……わたしも、彼女と離縁しなければならない、ということでしょうか」

「それか、そなたが右丞相を辞職するかだな。その場合、そなたが家でどのような扱いを受けるのかは……まあ分かるだろう。どちらにしろ、このまま後宮で仕事をさせるわけにはいかぬ」

ぐっと、皓月は喉《のど》を詰まらせた。それで優蘭が幸せになるのであれば考えたが、どうあれ彼女が今までと同じ生活を続けることはできない。おそらくだが、彼女の実家である玉《ぎょく》商会のほうにも影響してくるからだ。

それだけは、絶対にさせません。

優蘭には前回あれだけ守ってもらった。なら今度は皓月が優蘭を守る番だ。いや、これから先ずっと彼女を守っていくためにも、皓月はここで覚悟を決めなくてはならない。

劉亮を真っ直ぐ見据えながら、皓月は告げた。

「必ず真犯人を見つけ出し、白日の下へ晒《さら》します」

「よろしい。珀優蘭は皓月の妻である前に、余が見出《みいだ》した優秀な部下だ。その大切な部下を捨てさせるな」

それは優蘭の前で言ってあげて欲しかったなと、皓月は思った。そうすれば少しくらいは、優蘭からの評価も上がるだろうに。

……まぁそんなこと、優蘭も主上も望んでおられないのでしょうけど。

特に優蘭は、それを伝えた瞬間「信じられないものを見た」という顔をするだろう。そして帰宅後、皓月に問うのだ。「陛下はどこか頭をぶつけられたのですか？」と。

いいえ、もしかしたら「そんな言葉よりも、褒美が欲しかったです」とでも言うかもしれませんね。

言葉による賞賛よりも実益を取るような女性だ。そちらのほうが喜ぶだろう。

そんなことを考えて、優蘭ならどちらも言いそうだなと内心笑みが溢《あふ》れる。同時に、焦りと不安によって押し潰されていたやる気が、胸の内側から湧き上がってくるのを感じた。

皓月は姿勢を正して劉亮を見る。

「分かっています。全ては主上の仰せのままに」

皓月が起拝の礼を取ったときだ。劉亮がいたずらっ子のような笑みを浮かべた。

「やっと頭が回ってきたようだな、皓月。いやはや、良かった良かった」

「……その言い方ですと、わたしが正気ではなかったということですか？」

「少なくとも、余に食ってかかるくらいには取り乱していただろうが。まあ余としては、皓月にそれぐらいの相手ができたことが喜ばしかったけどな」

そう、皓月の変化を心の底から喜んでいる、とでも言わんばかりの顔をしていたが、真実ではないだろう。喜び四割、悪戯心《いたずらごころ》三割、優蘭に対する心配二割、明貴の際の仕返し一割といった感じか。本当にいつだって、ひねくれている人だなと思う。

しかし皓月にとっては、これ以上にないくらいの援護だった。

「そして皓月、余からの最後の援護だ。そなたに、信頼できる協力者を与える」

そう言うや否や、劉亮が扉のそばで控えていた宦官《かんがん》に声をかけた。彼が扉を開けるのと同時に、誰かが入ってくる。

入ってきたのは、礼部尚書《れいぶしょうしょ》・江空泉《こうくうせん》と、吏部侍郎《りぶじろう》・呉水景《ごすいけい》だった。

何を考えているのか分からない人の良さそうな笑みを張り付ける曲者《くせもの》と、皇帝の狗《いぬ》としてその身を捧《ささ》げることを決めた罪人。

その二人の存在に、皓月は目を見開いて驚く。それを見た劉亮はにやりと笑うと、頬杖をつきながら言った。

「ここにいる全員に告げる」

『はっ』

劉亮の言葉に、全員がその場に姿勢を正した。その前置きが、今回の宣言が劉亮個人が発するものではなく、皇帝として直々に命令するということを表す合図だったからだ。

「珀皓月、江空泉、呉水景。ここに今はおらぬが、郭慶木。計四名。そなたたちを、刑部《けいぶ》、御史台《ぎょしだい》とは別に『珀優蘭、賢妃暗殺未遂容疑』における特殊事案調査班に任命する。余が直々に作った即席の班だ、余が優秀だと思った人間しか集めておらぬ。迅速かつ的確に疑惑を解明し、余に真実を知らせよ。良いな」

『御意』

全員揃って肯定の言葉を発し、起拝の礼を取る。同時に、皓月は劉亮に心の底から感謝した。このようにして即席の班を作れば、皓月たちが動いていても周りに不審がられず行動ができる。

何から何まで自分にできる最大限のことを揃えて送り出してくれたことに感謝しつつ、皓月たちは改めて顔を見合わせる。すると彼らは、深々と頭を下げると皓月に告げた。

「おはようございます、珀右丞相。――それでは挨拶《あいさつ》もほどほどに、ここまでの調査報告をさせていただきますね」

そう言う空泉は、まるで忌々《いまいま》しいものが消え去ったときのような、実に晴れやかないい笑顔をしていた。

それから三人は、皇帝の執務室に少し手を加え、小さな作戦会議場所を作った。そこに、空泉たちが調査資料や何やらを並べていく。

特殊事案調査班、第一回目の会議だ。

皇帝がわくわくした様子で輪の中に入ってこようとするのを止めて通常業務をやらせてから、皓月は空泉と水景の話を聞くことになった。

「まず我々は陛下の命で、宦官長・範浩然《はんこうねん》周りのことを確認することになりました。そこでふと疑問を抱いたのが、呉侍郎だったのです」

そんな前置きとともに、空泉が水景に話を振る。水景は軽く咳《せき》をこぼしてから、ゆっくり口を開いた。

「はい。今回の珀長官を陥れた件はともかく、それ以前に起きた『蕭麗月《しょうれいげつ》公主疑惑』『後宮内連続毒殺偽造事件』に範宦官長が関わっていた……というのは恐らく、変えようのない事実かと思ったのです。範宦官長は以前から、蔡《さい》家と繋《つな》がりがありました。それもあって、派閥を問わず嫌われていた蔡童冠《どうかん》の面倒を見ていたわけですね」

それを聞き、皓月はつい先日捕まり、現在沙汰《さた》を待っている内侍省《ないじしょう》長官・蔡童冠を思い出した。

確かにあの人は、派閥問わず様々な人たちから嫌われていましたね。

いかんせん、仕事が本当にできない。なのに謙虚さなどこれっぽっちもなく、むしろ各所で威張り散らし、他者全てを蔑《さげす》んでいるような男だった。しかし家格だけは無駄に高いため、あの位置にいた。

そして蔡童冠の尻拭《しりぬぐ》いは、範浩然が全て担っていた。もう何年になるだろうか。とにかく、いい加減邪魔だと思っても仕方ないくらいの付き合いにはなるはずだ。それなのに面倒を見ていたのは何故《なぜ》だろう。人によっては排除しそうなものなのだが。

その疑問を口にするべく、皓月は水景のほうを向く。

「確かに蔡家は大きな家ですが、範宦官長にとって童冠は目の上の瘤《こぶ》のようなもの。疎んじたりなどはしなかったのでしょうか？」

「それに関しては……範宦官長の性格の問題、とでも言いましょうか。あの方は馬鹿な人間ほど可愛《かわい》いと思っている人なのですよ」

「ははは。呉侍郎、違いますよ。あの男は自身の愚かさに気付いていない人間を持ち上げるだけ持ち上げて、知識だけ貸して支えることはしますが、その結果落ちぶれていくのを楽しむという特殊性癖の持ち主です」

「江尚書、そこまでおっしゃいますか……？」

空泉が笑顔で辛辣《しんらつ》極まりないことを言ったので、皓月は驚いてしまった。だが水景はそれを咎《とが》めるようなことはせず、むしろばつが悪そうな顔をして目を逸《そ》らす。言外に「その通りだ」ということが伝わってくるようだった。

「……その通りなのですが……いざ言われると、同派閥の人間ということもあり嫌な感じがしますね。まあ派閥内でもそのせいで、大変嫌われておりますが……」

「え、そうなのですか⁉」

予想外の返答に、皓月は思わず素っ頓狂《とんきょう》な声を上げてしまった。

水景は顔をしかめたまま言う。

「こう言ってはなんなのですが……範宦官長は都合が良いから保守派を名乗っているだけ

で、言うほど協調性はないのですよ」

「……と言いますと？」

「……珀右丞相は、範宦官長が郭家の方々に毛嫌いされているのは存じておりますか？」

「え、ええっと……なんとなく、雰囲気で知っていますが……」

と言ったが、慶木が毛嫌いしているのはあまり見たことがなく、兵部《へいぶ》尚書である郭連傑《れんけつ》も同様だった。

なら誰が毛嫌いしていたかと言うと、徳妃《とくひ》・郭静華《じょうか》である。だが静華は大変気難しい女性なので、郭家の総意だとは思っていなかった。

というのは言えずに曖昧《あいまい》に頷《うなず》くと、水景は苦笑いをする。

「推進派の方々にばれるのはまずいので今まであまり口外しては来ませんでしたが……範宦官長は保守派の中でもあまり好かれていないのです。意見を言うには言うのですが、それを実行したことがないので」

「……ああ、なるほど。たしかにそれは、郭家の方々からすると不信感を募らせる原因になりますね……」

実際の功績を重要視する郭家は、とかく行動することというのを重要視する。そのため、浩然のように他人に意見して動かすことが得意な人間はあまり好ましく思えないだろう。

しかしその意見が保守派にとっては良いものだから、それを本人に言うことができないでいる、というところか。

皓月がそう思っていると、水景は頷く。

「また、相談事に関しては話を聞いてそれらしい助言をしたりしますが、その結果何か悪いことが起きても決して庇《かば》いません。深く関与もしません。なので長い目で見ますと、付き合っていても破滅を迎える可能性が高いのです。そのため望んで関係を持つのは危険だと言われ続けてきました。蔡家は目先の利益ばかり優先させて、その助言を耳に入れたことはありませんでしたが……」

「なる、ほど……」

それを聞いて、皓月は納得した。

蔡家は現在、一族全員が牢屋《ろうや》に入れられていて、必死になって自分たちの関与を否定していましたね。

蔡家をどうするかに関しては保留中だが、ほぼ死罪が確定している。

もし作戦が上手《うま》くいっていたら、珀家を陥れられる。上手くいかなくても、童冠に全て擦《なす》り付けて目障りな蔡家を潰《つぶ》せる。

浩然としては、作戦が上手くいってもいかなくても邪魔者を排除できるというわけだ。

実に憎々しい作戦だと思う。

思わず苦虫を嚙《か》み潰したような顔をしていると、水景が苦笑する。

「また、他人が弱っているのにはとてもよく気付く方で。観察力があるのですかね。それもあって、心が弱っている方に取り入るのが上手いんです。……あの方にとって以前のわたしは、格好の餌だったのでしょう」

「呉侍郎……」

水景が言っているのは、彼がかつて浩然に利用されたときのことだ。同時に、水景が劉亮に忠誠を誓ったときでもある。

そのときの水景の心情を思うと、皓月は胸が痛くなる。彼の気持ちが痛いほど分かるからだ。それが表情に出ていたのだろう、水景は苦笑しながら言う。

「あ、大丈夫ですよ。まだ燻《くす》ぶっているものがないとは言えませんが……それでも。あのときのことがあったから、わたしはこうしてここにいて、皆様の役に立てているのです。……今はそういうことでどうか、ここは一つ」

水景の言葉を聞いて、皓月は無言のまま頷いた。

それだというのに、今までうんうん唸《うな》りながらも書類と向き合っていた劉亮がふと顔を上げ、にっこり笑う。

「何、むしろ幸運だったと思え。なんせその結果、余の狗になれたのだぞ？　さぞかし嬉《うれ》しかろう」

「……主上？」

「なんだ皓月、怖い顔をして……場を和ませるための軽い冗談だろ、う……分かった、分かったから怖い顔をしてこちらを見るなっ」

もし今のが本当に場を和ませるための冗談なのだとしたら、主上とは一度真剣に話し合わなければいけませんね……。

この世には、笑い飛ばしていい話題と決して冗談にしてはいけない話題があるのだ。今回は後者だ。

そのためいつものようにひと睨《にら》みを利かせて黙らせ、皓月は溜息《ためいき》をこぼした。

すると、笑い声がする。

見れば水景が耐え切れないという顔をして、珍しく破顔していた。皓月は驚き戸惑う。

「えっと、わたし、何かしてしまいましたか？」

「い、いえ……。ただ、普段からそのようなやり取りをされているのだなということがありありと分かるやり取りでしたので……つい笑みが漏れてしまいました」

そんな水景を見て、空泉もうんうんと頷く。

「幼い頃から仲が宜《よろ》しいですからね。主人をたしなめることができる臣下はそうおりませんから、良い関係かと」

改まってそう言われると、なんとも言えずこそばゆい。

しかし皓月が照れれば劉亮が調子に乗ってからかってくることは明白だった。というより既に調子に乗ってにやにやしているのでそれを無視しつつ、皓月は咳払《せきばら》いをしてから話の流れを修正することにする。

「話を戻しましょう。……つまり、前回わたしを陥れようとした一件はあくまで蔡童冠……ひいては蔡家の過失であって、範宦《かんがん》官長は意見をしただけだと。そういう形でしょうか？」

「はい、その通りです。相手は蔡家ですから、前回の珀右丞相を陥れようとした件に関してはかなりの線で関与していると考えられます。ですが……あの人だけが様々な事件に関わりを持っている、というのは少し考えにくいのです」

皓月は一拍置いてから、口を開く。

「……その言い方、何か考えがあると見て間違いないでしょうか？」

「さすが珀右丞相ですね、鋭くていらっしゃる。そうです。今回の鍵《かぎ》となるのは範宦官長の共犯者だと、わたしたちは考えています」

「共犯者……ですか」

「はい。その共犯者を炙《あぶ》り出すためには、先ほどお伝えした珀右丞相がはめられた複数の事件が絡んできますので、どうぞお付き合いください」

水景にそう言われて納得した皓月は、こくりと頷いて話を聞く姿勢を取った。

「まず、前回の事件と今回の事件の分析から始めます」

そう言い、水景は先代皇帝を含めた皇族暗殺事件、そして今回の珀家の評価をあからさまに落とそうとしている事件や噂《うわさ》の数々を身振り手振りを使って挙げる。

「これらの事件に共通している点は、欲です。権力欲、私怨《しえん》、支配欲。行動を起こした結果待ち受ける目的があって、動いているのですよ。今回の場合は珀家に関係するものをすべてまとめて排除したいという思惑が感じられます。実に人間らしいものですね」

「確かに」

「ですが先ほども申し上げた通り、範宦官長はそういったことに興味はありません。どちらかといえば、自身の快楽を満たされることを目的としています。盤上遊戯をしている感覚……と申しますか。自身の手で、他人の人生が壊れていくのを見るのが楽しいんです」

この二つの大きな違いは、その過程だろう。前者にとって過程は欲しい結果を出すための流れでしかないが、後者はその過程すらも楽しんでいる。

そして後者は、前者のように目的を達成しても終わらない。恐らく死ぬまで、自身の快感のためだけに人の人生を狂わせていくのだ。

今回の場合、宦官長は後者の立場というわけだ。

「ですので今回の珀長官を陥れるための自白も、範宦官長だけが関与しているとは考えにくいのです。そのためわたしたちは範宦官長とは真逆の、実利を求める協力者がいるのではないかと仮定して調査を進めました」

「ええ。はい。なかなか骨が折れましたが、とても楽しかったです」

満面の笑みで調査報告書を渡してきた空泉に、皓月はため息を吐きながら言う。

「現職である礼部《れいぶ》の仕事をする際よりも生き生きしている気がしますが、わたしの気のせいでしょうか」

「ふふふ、すみません。少し昔の血が騒ぎまして……こう見えて、新米の頃は御史台で働いていたんです」

「そうだったのですか？」

「そうですよ、呉侍郎。まあ今となっては出世したため、もうすっぱり辞めていますが」

御史台というのは、官吏を監察するための特殊部署だ。そのため、官吏であって官吏の輪から外れているとても複雑な立ち位置にいる。また官吏の不正などを糾弾する立場でもあるため、官吏たちに嫌われていた。

それもあり、古くから御史台には二通りの官吏が存在する。

一つ目が、御史台官吏として表から圧力をかける者。そして二つ目が、普通の官吏のふりをして内部に溶け込み悪事を暴く御史台官吏だ。

特に嫌われているのが後者の御史台官吏で、いわゆるところの内部間諜《かんちょう》のようなものになる。かといって彼らの存在を暴くということは、自分たちに非があるのを認めるということになる。それもあり、彼らの扱いはとても微妙なものとなっていた。

そしてその人事を決めているのは御史大夫《ぎょしたいふ》と呼ばれる御史台の長官と、皇帝、左丞相《さじょうしょう》、右丞相であった。特に御史台官吏だった者は御史台から異動になった後も把握されるのが慣例なので、皓月は空泉が元々御史台官吏だったということを知っている。

だから、余計に苦手なのだ。

いつだってこちらを値定めしているような目をして、意味の分からない行動を起こしてくるからだ。

ですが今回ばかりは、それが頼もしいですね……。

そして恐らくそういった理由から、劉亮は空泉を今回協力者にしたのだ。水景を引き入れたのは、彼が浩然と関わっていた人間だからだろう。現に、人となりをよく知っていた。皓月だけなら、浩然の他に協力者がいる可能性など考えなかったかもしれない。

そう思いながら、皓月は話を促した。

「それで。誰が関係しているのですか？」

「はい。現在、共犯者候補は三人にまで絞れました。全員、六部《りくぶ》の尚書方《しょうしょ》です」

水景はそう言って、皓月に追加の資料を渡してくれる。

その資料に記載されていたのは、『戸部《こぶ》尚書・徐天佑《じょてんゆう》』『刑部《けいぶ》尚書・尹露淵《いんろえん》』『工部《こうぶ》尚書・柳雨航《りゅううこう》』の名だ。

その資料を見せながら、水景が引き続き話をしてくれる。

「あの範宦官長の共犯者ということなので、今回はそれ相応の地位と権力を持っている人間に調査を絞り込みました。また今回は案件が案件ですので、消去法を使って珀長官をはめる理由がない方、現場不在証明が確認できている方を排除しています」

その言葉を引き継ぐ形で、空泉が利き手の人差し指を立てた。

「まず、わたしは除外するとしまして」

そして次に中指と薬指を立て『三』を指し示す。

「次にあり得そうなのは、敵対派閥の筆頭である郭家の方ですね。郭慶木将軍、郭連傑尚書。ですが将軍に関しては協力者側《こちら》の人間ですので、排除。次に尚書のほうですが……」

「あの郭尚書が今更、こんな小賢《こざか》しい手を使うわけがない、ですよね」

「おっしゃる通りです。ついでに言うのであれば、郭家は珀家のことを殊更嫌っていらっしゃるようですが、それと同じくらい範宦官長のことも嫌っているようでして。今までの珀家との衝突ぶりを見ても、郭家が共犯だとは思えませんね」

空泉の言う通りだ。それに、と皓月は思う。

今までだって何度も衝突してきたのです。あの家なら自身の主張に正当性があるのであれば、正面切って珀家を責めたはず。それがない時点で、郭家は除外して良さそうですね。

続いて、空泉は小指を立てて『四』を作った。

「次は、吏部《りぶ》尚書・公晳李明《こうせきりめい》ですね。彼に関しては、つい最近尚書になったということもあり、可能性はかなり低いと思います。選抜したのは陛下とごく少数の忠臣のみ。この時点でかなり調べられていますし、過去に関しては白でしょう」

「そうですね、わたしもそう思います」

皓月は空泉に同意する形で一つ頷《うなず》く。

「調査をしましたが、性格や功績に関しては白。むしろ白過ぎて、最近の官吏には珍しいくらいです」

「そうですね。彼に関してはなんと言いますか、こう良い意味でも悪い意味でも裏表がないと言いますか……この際です、はっきり言いましょう。馬鹿正直な方です」

「ははは。呉侍郎、なかなか直接的なお言葉ですね。面白いです」

「いえ、これは本当に誇張ではなく、その通りなのですよ、江尚書。嘘《うそ》を吐こうとすると、あからさまに態度に出るんです。城下にいる平民の子どものほうが、断然上手《うま》く嘘を吐くと思いますね」

「あー……確かに、そのような方ですよね。公晳尚書は」

李明のことを思い出し、皓月も頷く。嘘を吐いたら死んでしまうのではないか、という人なのだ。目は泳ぐし体はガクガク震えるし滝のように汗が出る。確かにあれと比べれば、その辺りにいる普通の子どものほうが上手に嘘を吐くはずだ。

また本人も嘘を吐くことそのものを不得手と分かっていて、嘘を吐くくらいなら無言を貫くことにしている。そのような性格から見ても、共犯者の分析結果と一致しない。

「その割に、人の嘘偽りを見抜いたり言葉を引き出したりするのが上手いのです。そして何より、陛下への忠誠心は人一倍ですから」

水景の言う通りだった。今時珍しいくらいの官吏で、その不思議な魅力に劉亮も一目置いている。

「またここ最近の公皙尚書の行動に関しては、わたしが証人です」

水景が自身の胸に手を当てながら言う。

「今回の紫金会は、彼が尚書になってから初めてのものです。また、前任者の韋氏《いし》が遺《のこ》した負の遺産が多くて……紫金会の準備をしながら整理をしていたのです。そのせいで、ここ最近ずっと宮廷に泊まり込みで追われていまして……もしこの状況下で他人を蹴落《けお》とそうとしていたのであれば、わたしは彼を称賛しますね……」

そんなふうに遠い目をしながら水景が言うくらいの状況とは、いったいどのようなものなのだろうか。皓月は心の底から不安になった。

「……もしや、紫金会の準備をしつつ一連の事件の調査をしてくださったのですか？」

皓月が心配そうに水景を見たら、水景は青白い顔で笑みを浮かべながら首を振る。

「そんなそんな、とんでもないです。むしろ、わたしの体調を心配した公皙尚書が、吏部の仕事をほとんど引き受けてくださいまして。むしろ調査のほうが捗《はかど》ったくらいです」

それは結局のところ、泊まり込みということに変わりはないのでは……？　と皓月は思ったが、彼の顔が晴れ晴れとしていたため何も言わないでいることにした。

残すところは、御史台の長官である御史大夫・莫玉祥《ばくぎょくしょう》なのだが。

「御史大夫に関しては、余が証言しよう。やつがことを起こすのは無理だ」

そう、劉亮が話に割り込んできた。

渡された資料から視線を上げて見れば、椅子にもたれかかり寛《くつろ》いでいる劉亮の姿が目に映る。

書類の減り具合を見る限り、紙や木簡の山はまだ確認済みの棚には入れられていない。どうやら飽きてしまったようだ。

というよりも楽しいことが何よりも好きな劉亮のことなので、皓月たちのやり取りばかりが耳に入って仕事が手に付かなかったのだろうと、皓月は長年の経験から推測し、内心思わず呆《あき》れた。

そんな皓月の表情を悟ったらしい、劉亮は「いいだろう？」と言わんばかりの顔をしつつも、話を続けた。

「莫玉祥を含めた御史台は今、情報収集の真っ最中でな。あやつもその関係上、この時期にもかかわらずあっちこっち飛び回っておる。紫金会の前も留守にしていることが多かったから、あやつにも無理だろうよ」

「その情報収集と言うのは、今回の優蘭をはめようとした一件でもあるのではありませんか？」

「それを含めた、宮廷全体に渦巻く悪夢を取り除くための情報収集……とだけ言っておく。まあなぁに、先代からこの宮廷に巣食う虫は、それくらい慎重になって駆除せねばならん、ということだな」

つまり、御史台は一応味方である、と考えて問題なさそうだ。

皓月は今回の共犯候補者の資料に目を通してから、詰めていた息を吐き出した。そして言う。

「主上。今回の方針の確認をしてもよろしいでしょうか？」

「良《い》いぞ」

「ありがとうございます」

この場にいる一人一人に目を向けてから、皓月は告げた。

「今回の最終目的に関しては、範宦《かんがん》官長。彼の悪事を暴き、関与していたという証拠を見つけ出すこと。これです。そしてそのために、崩しやすそうな共犯者を見つけ出してそこから切り崩していく。それで間違いないでしょうか？」

全員が頷く。皓月はそれを確認してから、ぐっと喉《のど》を詰まらせる。

珀家のいざこざのせいで優蘭が結局巻き込まれてしまったのかと思うと、やるせない気持ちになる。しかしだからこそ、皓月は今回、本当の意味で優蘭を守りたいと思った。

その決意を胸に、皓月はゆっくりと息を吸う。

「そしてこれは完全に、わたし個人のお願いです。どうか、どうか――わたしの妻の無実の罪を晴らすために、最後まで力を貸してください」

そして深々と頭を下げれば、二拍ほどおいてからささやかな笑い声が聞こえた。

顔を上げれば、口元を押さえて控えめに笑う空泉と、珍しく破顔している水景、笑い声なくにやにやしている劉亮がいる。

皓月は思わず、むっとした顔を劉亮に向けた。

「なんですか、その顔は」

「いやなぁ、皓月にも大切な人ができて良かったと思ってな」

「どこまでも引っ張りますね、主上は……」

「おや。それならば珀夫人のことは、なんとも思っておられないのですか？　それならば是非ともわたしが、」

「江尚書、さすがに未練がましいのでは？」

「ふふふ、まあまあ落ち着いてください」

何かあるたびに優蘭に関することを持ち出してくるのは、本当にどうなのだろうと皓月は思う。しかしこうやってムキになればなるほど劉亮も空泉もにやにやするのだから、本当にやっていられないなと思った。

そんな皓月を不憫《ふびん》そうに眺めつつ、水景がふわりと覇気のない笑みを浮かべる。

「珀家次期当主一家の夫婦仲が良いことは、この国にとっても良いことです」

「ありがとうございます、呉侍郎」

穏やかでゆっくりとした口調で水景にそう言われると、なんとも言えずほっとする。しかしそれを聞いても何か言おうとする劉亮と空泉に対して、水景はまた笑みを浮かべて告げた。

「ほら、それに。わたしのように、結婚どころか女性と関係を持つことすら諦《あきら》めている男もいますし」

「あ、え、それ、は」

「冷やかしもほどほどになさいませんと、本当に目も当てられない結果になりますから……珀右丞相で遊ばれるのも、ほどほどにされるのが良いかと思いますよ」

気のせいだろうか。水景の背後から後光が差して、今にも儚《はかな》く消えてしまいそうな風に見える。

瞬間、劉亮と空泉が共に口をつぐんだ。場がしんと静まり返る。

身を張ってわざと場を白けさせるという捨て身のやり方に、皓月は水景の吏部での苦労を垣間見《かいまみ》て何故《なぜ》だか無性に泣きたくなった。

だが、彼の犠牲を無駄にするわけにはいかない。そう思った皓月は一つ手を叩《たた》くと、できる限り明るい声で言葉を紡いだ。

「ひとまず、この共犯候補者の中から一人を除外するために話を聞きに行きたいのですが、よろしいでしょうか？」

全員が満場一致で話に乗っかる。特に劉亮は犯人探しに興味津々なようで、食い気味に口を開いた。

「ほう。その言い方からすると、一人は関与していない確信があるようだな、皓月」

「はい。というより、彼が関与する意味がない、むしろ損になるからと言いますか……この中だと一番、関与している可能性が低いと思います」

そう言ってから、皓月は『戸部尚書・徐天侑』の資料を全員に見えるよう掲げる。

「徐尚書と優蘭は、実を言うとかなり前からお互い取引をしている間柄なんですよ」

そう言うと、その場にいた全員があぁ、とでも言いたげな顔をして頷いた――

＊

その一方で優蘭は、自分の屋敷《やしき》に物を取りに行くこともできないまま馬車に乗せられ、ある屋敷に連行されている最中だった。

道中の馬車内には、優蘭の他に一人の男が乗っている。

郭慶木。

郭家の次期当主であり、皇帝の側近である禁軍《きんぐん》将軍だ。優蘭がこれから軟禁される屋敷の主人でもある。

互いに隣り合わないように斜めに座り、絶対に目が合わないようにと優蘭は窓の外を見る。雪もちらつく冬の時期に窓を開けるのは寒かったが、これも作戦のうち……とぐっとこらえた。肩掛けを深く重ねて寒さを凌《しの》ぐ。

外を見れば、他の武官たちが仰々しく馬車の前と後ろに一組ずついた。丁重な扱いと見せかけた、詰まるところの見張りだろう。

彼らに見せつけるようにして、慶木、ひいては郭家との不仲を示す。

こんな寒いのに窓を開けてまで目を合わさないようにしているのだと思わせておいたほうが良いと、何を言われなくとも優蘭自身が考えたからだ。

そうこうしている間に、馬車は無事郭家次期当主の屋敷に着く。その入り口で待っていたのは、一人の女性だった。

深い赤毛の髪に、意志の強そうな翠玉《すいぎょく》色の瞳《ひとみ》をした女性。長身の慶木と並んでもさほど大きな身長差がなく、女性にしてはかなり長身だ。全体的にすらりと細身で、凛々《りり》しい。白の襦裙《じゅくん》を見事に着こなすその姿は、百合《ゆり》の花を思わせた。

彼女こそ、郭慶木の妻である郭紅麗《こうれい》。

紅麗は花のような美しいかんばせを緩めると、優雅に腰を折る。

「善くぞいらっしゃった、珀夫人。わたくしどもの屋敷へようこそ」

そして優蘭は促されるままに、敵対派閥の真っ只中《ただなか》に足を踏み入れたのだ——

——とは言ったものの。

優蘭を迎え入れてくれた屋敷の主人たちは、部外者からの視線が完全になくなるのを確認するや否や、一気に殺意にも似た空気を和らげた。

「はー。朝から災難だった……」

そして居間の椅子にどかりと腰を下ろして早々、慶木がそう呟《つぶや》く。そんな彼の頭をはたいて「客人より先に寛ぐとは何事だ」と叱ってから、紅麗は改めて頭を下げた。

「初めまして、珀夫人。わたしは紅麗、このぼんくらな夫の妻だ。あなたのお噂《うわさ》はかねがね聞いている。いつもうちの夫が迷惑をかけているようで、申し訳ないな」

思っていたよりも砕けた口調と低姿勢な対応に、優蘭は目を瞬《しばたた》いてしまう。しかし慌てて首を横に振ると、ぺこりと頭を下げた。

「初めまして、郭夫人。こちらこそ、こんな時期にもかかわらずお世話になることになってしまい、申し訳ありません」

「いや、いいんだ。どうせ年末年始だろうが慶木は仕事だし、屋敷にいたところで喧嘩《けんか》ばかりだからな」

「……こら、紅儷。何を言う」

「それはこちらの台詞《せりふ》だ、慶木。時間もあまりないのだから、珀夫人に早々に事情を説明して仕事に戻るべきではないかな？」

「奥方様の仰《おっしゃ》る通りですよ、郭将軍。陛下がどういうおつもりで私を将軍のお屋敷に拘束しようとお考えになったのか、早々に話していただかなくては……私の堪忍袋の緒が切れる前に、ね？」

「……分かった。分かった！　だから似たような恐ろしい笑みを浮かべて、わたしに圧をかけるな、まったく」

その台詞を使いたいのは私のほうなのだけれど、と思いつつも、優蘭は紅儷に促されて慶木の向かい側の椅子に腰掛ける。

紅儷が茶を淹《い》れるために居間から下がったところで、慶木が話を始めた。

――長々とした話をひと通り聞いた優蘭は、はあとため息を吐きながら納得する。

なぁるほど。はじめ拘束されると聞いたときは「とうとう私は、皇帝から使えない人間だと判断されて切り捨てられたのか」とも考えたけれど、そうじゃなかったってことね。

この場に皇帝がいたら「さすがの余もそんなことはしないぞ。人聞きが悪いな」とでも言われそうだが、今までの積み重ねがあるだけに仕方がない。

ただ軟禁先が慶木の屋敷だと聞いたとき、何やら裏があるなとは思っていたので、優蘭を守るための措置だと確認できたときは正直ほっとした。

しかしそれよりも気になるのは、皓月のことだ。

紅儷が淹れてくれた茶を一口含んで口を湿らせてから、優蘭は質問をする。

「この話、皓月にはしているのですか？」

「ああ。今頃、陛下が説明しているだろうな。その後の方針に関しては、諸々《もろもろ》の内部調査をしてくれていた江尚書と呉侍郎と一緒に詰めるだろう」

「……調査、ですか？」

「ああ。今回の珀夫人をはめた件と言い、ここ最近起きていた珀家に対する悪意に満ちた事件と言い、範宦官長だけが行動したにしてはおかしな点があると、呉侍郎が言い出してな。陛下に言われて、わたしを含めた三人が内々に調査をしていたのだ。なので皓月と一緒に、珀夫人を保護している一ヶ月間で共犯者を突き止め、そこから範宦官長を叩く」

「なるほど、分かりました。……もう一つ、伺っても？」

「ああ、なんだ」

「私と皓月の、これからについてです」

それは、目を逸《そ》らしたくともできない現実だった。

しかし、まさか優蘭本人から問いかけられるとは思っていなかったらしい慶木は、言葉もなく固まってしまう。

そんな珍しい姿に苦笑しながら、優蘭は他人事《ひとごと》のようなふわふわとした心地で質問した。

「もし真犯人が見つからなければ、私は後宮でのお役目を解かれる。そう思っておいて構いませんか？」

「……ああ、そうだ」

「では陛下の命により政略結婚したのですから、そのときは離縁ということになるんでしょうね」

「それ、は、皓月と貴殿との話し合いで決まる、だろう」

「いえ、皓月がどう言おうと、私は離縁しますよ。でないと、皓月が将来を棒に振ることになりますから」

優蘭だって馬鹿ではない。真犯人に繋《つな》がる証拠が見つからなければ、今の生活を続けられないことくらいは理解していた。

特に、毒殺というのがいけない。既に紫金会の少し前にそれで場を騒がせて後宮全体の空気が悪くなっているのだ。ここで『後宮妃《きさき》の管理人』である健美省《けんびしょう》長官が白ではないのは、信用問題に関わってくる。

また珀家の品格を落とすことにも繋がるため、優蘭との縁をすっぱり切ってしまうのがもしものときの最善策だ。

そしてどうやらそのことを、皓月たちも理解しているらしい。

優蘭としてはそれが知りたかったので、慶木の反応を見て満足した。

「ありがとうございます、郭将軍。質問は以上です」

優蘭はようやく、詰めていた息を吐き出した。朝から色々な意味で動揺させられっぱなしだったが、これでようやく緊張の糸が解けたように思う。

とりあえず優蘭は慶木に紫金会前に起きた『蕭麗月公主疑惑』『後宮内連続毒殺偽造事件』の大まかな流れを伝えて情報を共有した。

そして、忘れないうちにあることを口にする。

「実を言いますと、賢妃様暗殺未遂事件のほうを追っていた際、犯人の一人と思《おぼ》しき人物があるものを落としておりまして。それを、皓月のお母君である珀璃美《りび》に渡して調べていただいているのです。その件に関しても、皓月に伝えていただけますか？」

「分かった、伝えておく」

「ああ、あと、後宮の書庫……玉紫庫《ぎょくしこ》に、范燕珠《はんえんじゅ》に関することが詳しく記載された書物があります。書庫の奥のほうにある朱色の冊子がそれなので、誰かの手に渡る前に確保して安全な場所に保管してくださいとお伝えください。絶対に役に立つと思いますから」

「……貴殿は、どうしてっ……」

どうしてそんなにも、冷静でいられるのか。

おそらく、慶木が言いたかったのはそういうことなのだろう。しかし自分がそれを言えた立場にないと思ったのか押し黙り、別の言葉を続けた。

「……ひとまずわたしはこれで宮廷に戻るが、珀夫人はくれぐれも不用意な行動は慎んでくれ」

「……分かっております。さすがの私も子どもではありませんので、そのようなことは致しませんよ。……それに」

「それに、なんだ？」

「……皓月が、頑張ってくれているのでしょう？　ならば私は妻として、仕事仲間として、彼を信じます」

それを聞いた慶木が、ハッとした顔をして優蘭を見る。それに苦笑しつつも、優蘭は皓月の顔を思い浮かべた。

唐突な政略結婚から、もう九ヶ月ほどが経《た》つ。ほぼ毎日顔を合わせて、仕事をして。他の夫婦と比べたら、相当濃い時間を共有しているのではないだろうか。

その間に生まれた絆《きずな》というものがあることも、また皓月が絶対に優蘭の無実を信じて動いてくれるということも、分かっている。

そしてそれはきっと、優蘭の部下や妃嬪《ひひん》たちもだ。信じて、動いてくれる人がいる。それがたった一人だったとしても、彼ら彼女らが優蘭を救おうと頑張ってくれるという確信があるのなら、優蘭はここで待つべきだ。努めて冷静を装うべきだ。

たとえ本当は、今にも出ていってしまいたいくらいもどかしかったとしても。

そう思いながら、優蘭は左手の薬指にはめてある指輪を軽く撫《な》でた。

「皓月を本当に信じているならば、私がここから動くのだけは、してはいけないのですよ。郭将軍」

自分に言い聞かせるようにそう言うと、慶木は一つ、二つと頷《うなず》いてから言う。

「……なるほど。それが、黎暉《れいき》大国《たいこく》が誇る寵臣《ちょうしん》夫婦の絆か。貴殿らしいな」

それから慶木は「皓月に伝えておく」とだけ言い残すと、颯爽《さっそう》と屋敷から出て行ってしまった。

後に残されたのは、優蘭と屋敷の女主人である紅儷だ。紅儷はとなりに座ると、拳《こぶし》を握り締めたまま椅子に座る優蘭の肩を、ぽんと優しく叩《たた》いてくれる。

「もどかしいな。その気持ち、分かるよ」

「……郭夫人にも、そのようなご経験が？」

「ああ、ある。わたしはこう見えて、武術を嗜《たしな》んでいるんだ。戦場での戦闘経験もある。だから慶木がいつも無茶をするときは、彼のとなりにいられたらと常々思っているよ」

それを聞いた優蘭は瞠目《どうもく》してから、ああ、と頷いた。

「郭夫人はもしや、菊理州《きくりしゅう》の国境沿いの出身でいらっしゃいますか？」

それを聞いた紅儷は目を見開いて優蘭を見つめる。

「よく分かったな。そうだ。杏津帝国《あんつていこく》と長年睨《にら》み合《あ》いを続けている場所だよ」

「やはり……お髪と目のお色、また戦闘経験があるという話を伺って、もしやと思いました。気を悪くさせたようであれば申し訳ありません」

慌てて頭を下げれば、紅儷は笑って首を横に振る。

「いや、言い当てられたのは初めてだったので少し驚いただけだ。……そうか。そう言えばあなたは、知識豊富な商会の娘だったな。土地ごとの民族性についてもご存じだったか」

「はい。実際に現地へ赴いたこともあります」

「そうか。それは嬉《うれ》しいな。わたしは故郷が大好きだから」

懐かしむように目を細めつつ、紅儷は唇を開く。

「昔は剣だけを振るっていれば良かったのに、都へ嫁いできてからは滅多なことがない限りそれもない。郭家の親族の前では、このような口調で話すなどもってのほかだからな」

「ああ……郭家は、色々と厳しそうですからね……」

実の娘である徳妃・郭静華ですら、隠れて剣術を習っているくらいだ。女性が剣を振るうなどもってのほかなのだろう。

男口調も、優蘭はこんな形で蓮《はす》っ葉《ぱ》に話す女性を他にも大勢知っていたので違和感がないが、郭家では駄目なようだ。

今とは違って、昔のほうが良かった。生きやすかった。そのように続くのかと思ったが、しかし違うらしい。

むしろ紅儷は瞳《ひとみ》を爛々《らんらん》と輝かせて告げた。

「でも。だからこそ。わたしは、『いつか必ず、お前のことが必要になるときが来る。だからその日まで、信じて待っていて欲しい』と言ってくれた慶木の言葉と志を心から信じているよ」

「……え」

慶木がそのようなことを言ったのも驚きだが、紅儷のその眼差《まなざ》しにとても心を打たれた。その目は、覚悟を決めた人の強い意志のこもった色をしていたからだ。

紅儷はうっすらと笑みを浮かべながら言う。

「信じていれば、どんなにもどかしい思いにも耐えられる。……それは、珀夫人も同じだろう？」

「……あ……」

「あなたと珀右丞相の話は、慶木からよく聞いている。様々な問題をくぐり抜けてきた分、絆もより一層強いことだろう」

「……そう、でしょうか」

「なんだ、不安なのか？」

「いえ、その……政略結婚ですし、夫婦としてはまだ、半人前ですから。お二人のような絆があるかどうかは、分かりません」

そう言ったとき、優蘭の脳裏に浮かんだのは昨夜起きた告白ロづけ事件のことだった。

よくよく考えたら私、皓月の気持ちとか全然知らないわ。

そして、自分の想《おも》いにも名前を付けられていない。でも、酔っ払っていたときの出来事だからといって、皓月に告白されたことも口づけされたことも、全く嫌ではなかった。

そのときのことを思い出したためか、口づけられた頬がほんのりと熱を帯びたような気がする。

謙遜《けんそん》ではなく本当に距離を測りかねていることを、紅儷は悟ったらしい。彼女は少し驚いてから、肩をすくめながら笑った。

「あなたは存外、臆病《おくびょう》な人なのだな。恋愛面に関しては不得手なように思う」

「そうですね……多分打算込みで行なった政略結婚だったので、それを考えないようにしていたのかなと思います。それに昔からそういったこととはすっぱり縁を切って生活してきましたから、どうにも分からなくて。……っと。申し訳ありません、変なことをぺらぺらと……」

不安だからなのか、ぺらぺらとどうでもいいことまで初対面の人間に話してしまっている気がする。

おかしいわね。普段は自分のことは時々だけで、相手から話を引き出すことの方が多いから、変な気分だわ。

すると、紅儷は目を細めた。

「いいよ。わたしも友人が少ないから、こういう砕けた話をするのは楽しい。愛だの恋だのは特にないな。そんな可愛《かわい》らしい話、夫人同士の茶会ではほぼほぼ交わされない」

「普通はないですよね。弱みでしかありませんから」

「そうだな。それにこういう話は不思議と、初めて顔を合わせた人のほうが伝えやすかったりするのだよ」

「……確かに、そうですね」

「ああ。だから、この屋敷《やしき》にいる間じっくり考えたらいいさ。どうせ今まで、大した休みなどないまま突っ走ってきたのだろう？」

「ははは、仰《おっしゃ》るとおりで……」

全て言い当てられてしまい、思わず苦笑する。そんな優蘭の肩をぽんぽんと叩きながら、紅儷は優しい声音で言った。

「なら良《い》い機会だと割り切って、思い出を掘り返しつつ自分と向き合ってみたらいいさ。

何、屋敷の安全に関してはわたしが保証する。使用人たちも慶木と珀右丞相の関係に関しては承知済みだから、寛《くつろ》いでくれ」

「はい。ありがとうございます、郭夫人」

そう言えば、紅儷は笑みを深める。

「ああ、紅儷でいい。この通り男勝りだから、夫人扱いされるのは慣れていなくてね。せめてこの屋敷にいる間は、気軽に呼んで欲しい。もし良ければ、敬語も外してくれると嬉しいな」

「……分かったわ、紅儷。なら私のこともどうぞ、優蘭と呼んで。この通り、中身はがさつな女だから」

「ありがとう、優蘭。……ふふ、あなたとは気が合いそうだ」

「同感よ、紅儷。楽しく過ごせそう」

互いに顔を見合わせて笑いながら、二人はさらに会話を深めていく。

そんな中、優蘭は紅儷の言葉を噛《か》み締めていた。

『信じていれば、どんなにもどかしい思いにも耐えられる。……それは、珀夫人も同じだろう？』

紅儷の言う通りだ。妻としてとか仕事仲間としてとかは関係ない。

優蘭が、皓月を信じている。きっと助けてくれる。

その信頼さえあればいいのだ。

それでも首をもたげてくる不安な気持ちを押し殺すべく、優蘭は紅儷との会話に意識を向けるよう努力する。

そうこうしている間に日が暮れ、優蘭の郭家での初日はあっという間に過ぎた。

客室の寝台に寝転がり結婚指輪を撫でてから、優蘭はぎゅっと目を瞑《つぶ》る。

どうか、どうか。皓月たちが、真相に辿《たど》り着きますように。

祈るように両手を握りながら、優蘭はゆっくり意識を手放した。

健美省長官・珀優蘭。

――彼女の命運が決まるまで、残り一ヶ月。

第二章　夫、共犯者を捜し求める

翌日。

皓月《こうげつ》は朝から共犯者を絞り込むための調査に乗り出すべく、慶木《けいぼく》、空泉《くうせん》、水景《すいけい》を伴って戸部《こぶ》へやってきた。

昨日の夜から降り続いた雪のせいで、今日は一段と寒い。建物の外では、宦官《かんがん》たちが必死になって雪掻《ゆきか》きをし、道を整備している。

そんなふうに作業をする官吏たちの横を通り過ぎながら、皓月は優蘭《ゆうらん》のことが気がかりでそわそわとしていた。もう彼女の顔が見たくて仕方がない。

優蘭は今、どんな気持ちで過ごしているのでしょうか……。

罠《わな》にはめられた自分を責めていないか、悩んでいないか、苦しんでいないか。それが気がかりだ。だから今は、一日だって無駄にはできない。

そんなふうに焦っている状況下で、なぜ昨日ではなく今日戸部尚書《しょうしょ》に会いに行くことになったかと言うと、戸部尚書が頑《かたく》なに「珀長官《はくちょうかん》の件で話をするなら、明日にして欲しい」と言ってきたからだ。

この状況下で、人のことを弄《もてあそ》んでいるのでしょうか……それとも他に何か思惑が？

実は関与していて、わざとこのようなことをしている？

そんな苛立《いらだ》ちとともに戸部の客間で待たされていれば、似非《えせ》くさい笑みを浮かべた男が現れた。

髪は茶色、瞳は琥珀《こはく》色で肌も白く、全体的に色素が薄い。年齢は三十代前半で、この中にいる誰よりも小柄だ。優蘭と同じくらいなので、黎暉大国《れいきたいこく》の男性にしては低い。

身嗜《みだしな》みも、ピシッとしているというよりどちらかというと緩く、しかし緩すぎない程度に整えられていた。そして戸部であることを表す梔子《くちなし》色の官吏服を身にまとっている。

彼こそ、戸部尚書・徐天侑《じょてんゆう》だ。

戸部は土地の管理や戸籍、官吏たちの俸給など、財務全般の仕事を担う部署だ。そのため、何か金銭を使ったとなれば大抵この部署に記録が残る。

天侑は部下や宦官たちに大量の資料を運ばせつつ、自分は皓月たちの向かい側の席に腰掛けてぺこりと頭を下げる。

「大変お待たせいたしました、珀右丞相《うじょうしょう》、郭《かく》将軍、江《こう》尚書、呉《ご》侍郎《じろう》。いやはや、申し訳ありません。用意に手間取ってしまい」

「……用意、ですか？　一体何をなさっていたのです？」

状況も状況だったためか、苛立ちが珍しく声音に現れる。皓月は珍しくきつい言い方をして、そう天侑に問うてしまった。

そんな皓月を見兼ねたらしい空泉は、まあまあと皓月を宥《なだ》めながらも口を開く。

「こちらこそ、帰省などの時期でお忙しいでしょうに、お時間を割いてくださりありがとうございます。徐尚書」

「いえいえ、良いのですよ。珀右丞相のお苛立ちはごもっともですからね。ご自身の奥方様が槍玉《やりだま》に挙げられておられるのですから、冷静でいられないのも当然です」

空泉の判断でどうにかことなきを得たが、皓月は思わず嚙み付いてしまいそうになったことを猛省する。

わたしが焦って過ちを犯して、どうするのです……！

自分の体がまるで自分のものではないかのように、上手《うま》くいうことを聞かない。

しかし謝罪は必要なので、皓月はすぐさま口を開いた。

「先程は誠に申し訳ございませんでした。そして寛大なお言葉、ありがとうございます」

「お互い様です。珀右丞相にはいつも、全体会議で嫌な役ばかり負わせていますからね。はははは、何、普段は穏やかな珀右丞相の珍しいお姿が見られたと思えば、逆に僕は運が良いです」

「そう言われると、お恥ずかしい限りで……」

なんとか持ち直しつつ、皓月は少し息を落ち着けて冷静になろうと思い、空泉に目配せをする。

秀女選抜のときとは違いそれの意味をしっかりと受け止めた空泉は、眼鏡を直しつつ笑みを浮かべた。

「それでは、お互いに時間もありませんし、本題に入らせていただきます」

「はい」

空泉と天佑の笑みが交錯する。それから間を置かず、空泉がたたみかけた。

「今回このような場を設けさせていただいたのは、他でもございません。珀長官の件です」

「はい。『自らが引き入れた毒味役を使い、賢妃《けんひ》様を暗殺しようとした疑いがある』という話ですよね。一昨日《おととい》の夜に陛下からお伺いした」

「そうです。わたしたちは陛下直々に実態調査をせよとのご命令を賜りまして、こうして高官の方々にお話を伺う手筈《てはず》となったのです」

「そうでしたか。年末にもかかわらず、お疲れ様です」

どうやら天佑は、ことの重大さをしっかりと理解しているらしい。

それもそのはず、天佑は劉亮《りゅうりょう》が即位するのと同時に戸部尚書を任命された高官だ。つまりそれは、明貴《めいき》を理由に劉亮がした行動を知っている、ということになる。あの一件を知っていて「何故《なぜ》」と本気で問う人間がいれば、絶対にここまで出世していない。

しかも今回主犯だと噂《うわさ》されているのは、劉亮自身が後宮に入れて妃嬪《ひひん》たちの健康と美容維持を命じた相手、優蘭だ。わざわざ御史台《ぎょしだい》以外に特殊班を作って調査させることは、なんら不思議ではないだろう。

だが、続く言葉に関しては驚いた。

「僕は、珀長官をはめたりはしていませんよ。そのようなことをしても、なんら利益がありませんから」

まさか自分から、関与してないと申し立てるとは……。

さすが商人の血筋というべきか。駆け引きに慣れている。受身に回るのではなく先手を取ることで、場の空気が天佑のほうに傾いた気がした。

だが、皓月には少なくとも敵意はない。それを示すためには皓月自身が言葉を交わさなければならない。

だから皓月はいつもより丁寧な応対を心がけながら、口を開いた。

「ご安心ください、徐尚書。わたしも、その点に関しては疑っておりません。なので一番に、お話を伺いに来たのです」

「ほう。信用してくださっていたのですね？」

「信用、と言いますか。純粋に、理由がないからです。……徐尚書はわたしの妻と取引をしておられますからね。わたしも仲介させていただきましたから、知っています」

「そうでしたねえ」

天佑がにこにことした顔で何度も頷《うなず》く。そのときのことを思い出しているのだろう、とても楽しそうだ。取引現場を実際に見ていた皓月も、そのときのことを思い出してなんとなく微妙な心地になった。商人同士のやり取りというのがあんなにも白熱するものだとは思っていなかったのだ。

打てば響く会話と言えばいいだろうか。とにかく、調子よく会話が進む。しかし時折絶妙な間が挟まったり、駆け引きというのが起きたりするのだ。見ているほうはハラハラしっぱなしだった。

が、最終的には双方満足いく取引になったようで、満面の笑みと共に帰宅していたが。

そこに商人同士にしか分からない壁のようなものを感じて、皓月はもやもやした気持ちを抱いたことをよく覚えている。それもあり、皓月の心中にはあのときと同様の感情が芽生えていた。

が、それをなんとか腹の奥底に収めてから、皓月は「その通りです」とこくりと頷いた。

天佑は見ての通り、根っからの商人だ。それは本人の気質だけでなく、血筋にも言える。

天佑の実家は貴族たちを中心に食品系の商いをしている徐家で、彼はその徐家の次男として生を受けた。出身は黎暉大国の南に位置する光揺州《こうようしゅう》。その中でも最南の海に面する港町・興随《きょうずい》と言えば、黎暉大国における最大の港がある町として名高い。

それを色濃く受け継いだらしい天侑は、官吏として働き始めてからもその根っこは変わらなかった。

――つまり優蘭同様、損得勘定を中心に据えて物事を考えるきらいがあるのだ。

また周囲からの評価も一貫しており、金勘定を行なう場合に限って言えば公正公平だと言われている。一部からは金に意地汚い人間だと言われ嫌われているが、帳簿付けに関しては正確で一銭のずれも許さない。劉亮もその点を買っていた。

皓月は、先程の反省を活《い》かしてできる限り声音を揺らさないように注意しながら、言葉を紡ぐ。

「徐尚書は、わたしの妻である珀長官と『後宮妃嬪たち御用達《ごようたし》の品という謳《うた》い文句を使わせてもらう代わりに、そのように銘打って販売した商品の売り上げを戸部に二割ほど渡す』という取引をしています」

「ええ、ええ！　その通りですよ、珀右丞相！」

「はい。そして陛下とも話し合い、その際に得た収益の一割を戸部の財政源にして良い、という話になっていたかと思います」

「そうです。いやはや、初めて話を持ちかけられた際は、あの方の手腕に脱帽致しましたねぇ。後から問題にならないよう、先に話をつけた上に、しっかりと利益ももぎ取っていく。噂には聞いておりましたが、さすがあの玉《ぎょく》商会のご子女ですよ」

どこかほくほくした様子で満面の笑みを浮かべる天佑に、皓月は苦笑する。

「そして、尚且《なおか》つ徐商会は貴族層、玉商会は庶民層に向けて商品を販売しており、その商品にも大きな被《かぶ》りはありません。その点から、徐尚書が妻を害することはないだろうと判断しました」

と言いつつも、皓月は天佑を見つめる。この考えはあくまで皓月個人によるもので、他の三人がどう考えるかはまた別だった。

せめて二人までには絞り込みたいところですが……それで共犯者を逃がしてしまっては、本末転倒ですからね。

そのとき、皓月は優蘭の言葉を思い出した。

『信頼は、皓月が今まで大切に大切に積み上げてきて、こつこつ溜《た》めてきたものです。言わばあなたの宝、絶対なる実績です！　そのことを、あなた様はお分かりになられておりますか!?』

そう泣きながら優蘭が皓月に語りかけてくれたのは、『蕭麗月《しょうれいげつ》公主疑惑』の際だ。このときのことを思い出すと今も胸が引き裂かれるように痛くなるが、しかしとても大切なことを教えてもらった。

それは、人にはそれぞれ強みがあるということだ。強みがあって弱みがある。

そして優蘭が言うには、皓月は正攻法が得意らしい。

相手との対話や関わりをもって、その場の調整をすることだ。そういった場合、皓月はその対象を敵だと思ったことはない。ただ一個人として実力を認めて、信用している。

だから、皓月はこの考えのままでいいのだ。それ以外の疑わしき面は、相手の裏を探るのが得意な空泉がしてくれる。また空泉同様絡め手が得意な慶木なら、鋭い指摘をして相手の真意を探ることができるだろう。

そして水景だが、彼に関しては吏部《りぶ》で培われた観察眼がある。もちろん皓月と同じく場の調整をするのも得意だが、一番は官吏たちをどこに采配するか決める観察力と判断力だ。もしそれがなければ、前任の吏部尚書である韋氏《いし》が廃されたとき、一緒に落とされていただろうから。

そういった理由もあり、皓月は共犯者候補との話し合いを、解決班全員で揃《そろ》って、順繰りに行なうことに決めた。

すると、慶木が今日初めて口を開く。

「珀右丞相はこう言っているが、わたしは一つ気になっていることがある」

「ほう、なんでしょうか。郭将軍」

「もし、損があったとしたらどうだ？」

「……と言いますと？」

「先程の話を聞いた限りだと、戸部には利益になっているが、徐家、ひいては貴殿個人の利益には繋《つな》がっていないように感じたからだ」

確かに慶木の言う通り、優蘭が『後宮妃嬪御用達の商品』という名前を使って得た利益は、天佑個人の資産にも徐家の資産にもなっていない。確かに個という面で見たら、得はしていなかった。

しかしそれに対して、天佑は笑いながら言う。

「戸部の利益に繋がったというだけで、僕としては十二分にありがたいですよ。郭将軍ならば、紫金会《しきんかい》の際に我々高官がどれほど苦労して年度ごとの財源確保に尽力しているか、ご存じでしょう?」

「……確かに貴殿の言う通りだな」

つい先日行なわれた紫金会が官吏たちにとって最も重要なのは、功績や来年度の予定ややりたい行事や企画をどのように伝えるかによって、使える資金が変わってくるからだ。なのに、別の形での収益が毎月、ある程度まとまった額で入ってくる。しかもそれが年度予算とは別となれば、有難いことには違いない。

それでも、叩《たた》いて埃《ほこり》が出るかどうか確かめておきたいのだろう。慶木が口を開こうとすると、天佑が「まあまあ落ち着いてください」と宥めてくる。

「先程、郭将軍は僕と徐家にとって利益がないとおっしゃいましたが、実を言うとあるんですよ」

「それはなんだ？」

「珀長官だけでなく、玉商会とも取引をしています。食材、特に芽黄《めおうに》二王国産のものを提供させていただく代わりに、徐商会とご贔屓《ひいき》筋様方に、異国の珍しい菓子類を提供してもらっているんですよ。もちろん、妃嬪様方が食されているものをです。かなり好評で、徐家にも利益が舞い込んでおります。もちろん紹介をした僕個人にも、収入は入っておりますから」

「ほう」

「というわけで、珀右丞相のおっしゃる通り、僕が珀長官を害する理由は指先ほどもないというわけです」

なるほど、とでもいうように、慶木が目配せをしてきた。どうやら、彼も特に気になる点はないらしい。

それは空泉と水景も同じらしく、ひとまず問題はないという形にまとまった。

そもそも、政争よりも金勘定をしているほうが好きだという理由で尚書たちの中では中立派を保っている天侑が、その政争の真っ只中《ただなか》に足を踏み入れるとは考えにくい。

そう思い、早々に退散しようと思ったのだが。

「――むしろ、僕はとても怒っているのですよ。珀右丞相」

低い声音で、天佑がそう言った。思わず目を瞬《しばたた》かせれば、握り締めた拳《こぶし》をぶるぶる震わせながら天佑が語る。

「どこぞの阿呆《あほう》ですか。珀長官に対して無駄なことをしたのは」

「ええっと……」

「珀長官が後宮での職務を全うできなければ、僕は大損です。来年度予定していた企画やら諸々《もろもろ》がパァ！　また、珀長官になんらかの影響があれば、玉商会の信頼がガタ落ちして売り上げを得ることができず、そうなれば取引先である徐商会にも大きな痛手です。分かりますこれ⁉」

「は、はい。分かります……」

「損も損！　大損ですよ全く！」

あまりの怒り心頭っぷりに、皓月はどことなく優蘭の面影を感じてしまう。商人というのは誰も彼も、このような感じなのだろうか。

しかし損益を重要視する天佑側としては、優蘭の喪失は大きな痛手だということはよく分かる。

怒り狂うだけ怒り狂った天佑は、顔に青筋を立てながら客間に入って早々運び込ませていた資料の山を指差した。

「そこで、僕からの本題に入らせていただきます」

「……はい？」

「これらの山は、僕が戸部尚書に任命されてからコツコツコツコツと確認させていただいていた過去十年分の決済書、その中でも僕がおかしいと思ったものを抜き出した資料です」

「……………え、過去十年分、ですか……？」

「そうですとも。僕が管轄しているからには、それがたとえ過去の記録であったとしても狂いがないようにちゃんとしたいのですよ」

皓月は思わず耳を疑った。まさかそんなことをする人間がいるとは思っていなかったからだ。それは水景も同じだったようで、目を白黒させている。

一方で、慶木と空泉は愉快そうに笑っている。

「徐尚書の性格ならやりそうだとは思っていたが……まさかもう十年分も終わらせていたとはな。お早いことだ」

「本当ですね。いやはや、久々に愉快でした」

「こっちとしては全く愉快ではありませんよ……クソ前任者め」

「ふふふ、故人に対する悪口はいけませんよ？　徐尚書」

「失礼いたしました、江尚書。いえ、前任者がなかなかにやりたい放題でしたので、つい」

そう言いながら、天佑は資料を配ってくれる。

そして、言った。

「普段ならば中立の立場で傍観しているところですが、今回ばかりはお手伝いさせていただきます。僕も、利益をふいにしたくはありませんからね」

「……ありがとうございます、徐尚書。助かります」

「いえいえ、珀長官とは僕も馬が合いますからね。全面的に協力させていただきますよ、珀右丞相。……それに」

天佑が、皓月に向かってにこりと微笑《ほほえ》む。その笑みは、優蘭が悪いことを考えたときの顔に似ていた。

「政争に積極的ではない僕が。まさか動くとは思っていなかった僕が全面的に協力したと知れば、人を弄《もてあそ》ぶクソッタレの顔がきっと歪《ゆが》むではありませんか。それってとても愉快では？」

「……おっしゃる通りですね」

「一番その顔を見たがっているのはおそらく珀長官かと思いますから、是非潔白を証明して差し上げてくださいね」

「もちろんですよ」

一呼吸おいて、皓月は笑う。

「この度は、ご協力いただきありがとうございました――」

そして皓月たちは、戸部を後にしたのだ。

＊

昼餉《ひるげ》を挟んで次に向かったのは、工部《こうぶ》だった。

深い緑色の垂れ布と官吏服を掲げるこの部署は、主に建築や公共機関の工事、道の整備など、土木整備を中心とした部署である。

戸部と同様、帰省前ということもあってか慌ただしい。特に工部尚書は皓月と同じく柊雪州《しゅうせつしゅう》の出身なので、他の官吏と比べ幾分か早く都・陵苑《りょうえん》から出て行くのだ。

一部の官吏や武官を除き、年末年始の時期は皆部署が無人にならないよう時期を調整しながら長期休暇を取る。これは古くからの風習で、黎暉大国では一年の間で最も大切にされていると言っても過言ではない。

大抵年始の仕事始めは月の半ば辺りからになり、それまでは蔵に貯蓄した食材を使って家族水入らずで過ごす。

優蘭に対する処罰を下すのを遅らせることができたのは、この風習によるところが大きい。なので正直に言えば、この時期に被《かぶ》って良かったとも言える。

しかしそれは同時に、優蘭が家族での時間を送れない、ということであった。

複雑な思いが胸をよぎるが、戸部での失態を活《い》かして皓月は深く深呼吸をする。

できる限り心を落ち着けるべく、意識しながら客間で待っていると、長身の男性が入ってきた。

白髪交じりの灰色の髪に黒い目をした、優しげな風貌《ふうぼう》の男だ。四十代前半の彼には歳相《とし》応に目尻《めじり》や口元に皺《しわ》があり、それがより柔らかい印象を与えている。

彼こそ、工部尚書・柳雨航《りゅううこう》だ。

皓月と同じ革新派の高官で、同郷ということもあり皓月も当たり障りない程度に仲良くさせてもらっている。

と言っても、雨航は人当たりが良く、人付き合いが良いため様々な人間と親しくなっていた。前政権時代からの数少ない高官ということもあり、慕っている人間も多いだろう。

ただ、皓月は雨航のことがあまり得意ではなかった。それにはきちんと理由がある。

――それは、皓月が劉亮が即位するのとほぼ同時期に右丞相になったときのことだ。

この時期に大勢の人間が配置転換となったり、尚書がすげ替わったりした。とにかく劉亮の即位と就任祝いということで、宮廷で宴会が開かれたことがあったのだ。

高官全員が参加する大きな宴会で、だいぶ月ものぼり夜も更けていた。皓月は厠《かわや》へ行こうと、宴会の席を立ち外へ出た。そのときちょうど雨航も席を立っていて、それ以外の高官だけが広間にいたことを覚えている。

酒も入っていたので、少しぼんやりしたまま灯《あか》りを頼りに外廊下を進んだ。時季としては初夏に差し掛かっていた辺りで、湿気を少し含んだぬるい風が吹いていた。心地《ここち》好《よ》いとは言えないが、酒でほてった体を冷ますのには丁度良いくらいの風。緊張していたということもあり、少しのんびりとしながら厠へ向かうつもりだった。

そのとき、じゃり、じゃり、という砂を踏む音が聞こえたのだ。

不審者かと思って柱の陰に身を隠した皓月だったが、音が止《や》んでから廊下に上がり広間に戻って行ったのは雨航だった。つまり、先程不審な物音を立てていたのは雨航、ということになる。

気になって灯りを拝借し庭の方に出てみれば、そこには無惨にも踏み潰《つぶ》された蟻《あり》の死骸《しがい》が何匹も横たわっていた――

他の人にその話をすれば、きっと考えすぎだと言われてしまうだろう。それくらい、雨航の人柄の良さは派閥関係なく知られていたからだ。

しかしあのときの音と蟻の死骸のことが忘れられず、皓月は未《いま》だに彼に苦手意識を持っている。

だがそれを表に出さず、皓月は笑みと共に挨拶《あいさつ》をした。

「柳尚書。この度はお忙しい中、お時間を作っていただきありがとうございます」

「いえ、紫金会も無事に終わったからね。その頃の忙しさと比べれば、これくらいはたいしたことがないよ。ただ……世間話をしにきた、というわけではなさそうだね」

「はい。珀長官の件で、彼女にかけられた嫌疑を晴らすべくこうして話をしに参りました」

「なるほど。ではこの四人が、陛下の命を受けて独自に調査をしている、というわけか」

「そうです」

「……陛下もなかなか面白い人選をなされる」

確かに雨航の言う通り、今回の人選はなかなか個性的だった。

革新派が二人、保守派が二人。

本来ならば衝突して然《しか》るべき間柄の四人を、こうして一つの班にしたのだ。しかも珀家の次期当主と郭家の次期当主をこうしてひとところに置くなど、確執を知っている人間からしてみたら正気の沙汰《さた》ではない。

そして同時に、この四人のことを皇帝が疑っていない、という証拠でもある。

そこに気づくとは、さすが工部尚書だ。めざとい。

雨航は首を傾《かし》げながら言う。

「つまり、君たちは珀長官が何者かにはめられたと仮定して動いているわけだ」

「そうですね」

「じゃあ、珀長官が犯人だった場合はどうするんだい？」

「……その真意を確認する意味を込めての、実態調査ですから」

「確かに。──では」

人の好《よ》さそうな笑みをたたえながら、雨航が問う。

「調査する君たちの中に犯人がいたら、どうするんだい？」

柔らかい物腰は変えないまま、しかし言葉だけは研ぎ澄まして雨航が斬り込んでくる。

それは事実、あり得ることだった。裏切り者というのは嘘《うそ》を吐くのが当たり前で、誰が裏切っているかなど裏切り者本人にしか分からない。どういう思惑でそのようなことを言ったのかは知らないが、雨航は皓月たちに揺さぶりをかけていた。

だが、皓月は不思議と焦らなかった。

「わたしはこの中に、そのような人間はいないと思っています」

特に意識することなくそう言えば、雨航が首を傾げる。

「本当に、そう思っているのかな？」

「はい。陛下が信頼されて人選なさったのです。それを陛下の宰相たるわたしが疑うのは、それこそ愚かな行為ですよ、柳尚書」

「……確かにそうだね。その通りだ。さすが、陛下の寵臣《ちょうしん》というだけある」

そう肩をすくめて笑う雨航を真似《まね》するように、皓月も肩をすくめてみせた。

「身にあまるお言葉、ありがとうございます。それに、わたしたちの中にもし犯人がいれば、御史台の方々が裁いてくださいますよ」

「それもそうだね。なるほど、二重調査というわけだ。陛下の寵臣に疑惑がかかっているともなれば、気合いの入り方が違う」

「賢妃様も関わっておいでですから、尚《なお》のことですよ。柳尚書」

「……そうだったね。いやはや、陛下も相変わらずだ」

そう言う声音に、含みはない。だがなんとなく言葉の選び方に何か引っ掛かりを感じる、気がした。

そんな皓月の考えを引き継ぐように、空泉が口を開く。

「まあ形式的なものですから、お付き合いください。わたしと珀右丞相は柳尚書と同じく革新派ですから、わたしもさほど疑っておりませんし」

「……江尚書。わたしもいる前でそのような発言をするということは、我が保守派に犯人がいると決めつけて調査をする、という宣言と取るが構わないか？」

「そのようなことありませんよ。場を和ませるための冗談です。ですからそのような目で睨《にら》まないでください、郭将軍」

「……言葉には気をつけて発言をしてくれ」

「以後気をつけます」

そんなギスギスした空気に苦笑しながら、雨航は両手を上げつつ「まあまあ」と言った。

「質問があるなら、遠慮せず言って欲しい。わたしとしても犯人だと疑われるのは嫌だからね、包み隠さず答えるつもりだ」

「ありがとうございます。ではわたしから早速」

そうどことなく弾んだ声で言う空泉に、皓月は内心「恐ろしいな」と思う。

この方、今わざとギスギスした空気を作るために、慶木を敵に回しましたね……。

しかも、わざわざ派閥関係を持ち出すことで「自分は敵ではなく味方だ」だと雨航に示して、彼の気が緩むように調整したのだ。

また、雨航は元からあまり争いを好まない性格をしている。諍《いさか》いが起きそうになると仲裁に入ったり、自分のほうから譲歩して場が円滑に進むようにする人だった。その性格を利用して、空泉は「包み隠さず答える」という言葉を雨航から引き出したらしい。

はなっから疑ってかかっているのに「疑っていない」などという嘘をさらりと吐ける技術は、一体どうすれば身につくのだろうか。

皓月は感心するのと同時に、この男のようにだけはなりたくないなと思ってしまった。

皓月にそう思われていることも知らず、空泉は世間話をするかのように雨航と話をしている。

「珀長官の件、柳尚書はどう思われます？　彼女がやったと思いますか？」

「うーん、そうだね……そもそもわたしは彼女と親しくないから、判断できないけれど。彼女がそのようなことをやる理由は、あまりなさそうだとは思うよ」

「証拠よりも理由のほうが大事だと、柳尚書は思われるのですね」

「もちろんだよ。突発的なもの……たとえば殺されそうになったから自己防衛のために相手を殺した、という理由でもない限り、人間が人間を殺すには理由が必要だとわたしは考えている」

「それは何故《なぜ》です？」

「人間が、思考する生き物だからだよ。それがなければ獣と変わらない。わたしたちが自らを『人間』だと主張するのであれば、獣と同じ行動は決してしてはいけないんだよ」

年の功だろうか。話がなかなかに哲学的だ。空泉と歳が近いということもあり、話が弾んでいるようだ。

空泉はふんふんと頷《うなず》きながら、口を開く。

「ならば、珀長官が関与していないと思われる理由があるのですね」

「もちろん。賢妃様が殺されれば、珀長官にもその責任の一端がくるからだよ。だって彼女の仕事は、妃嬪《ひひん》の管理なのだからね」

「おっしゃる通りです」

「うん。しかも今回の方法は突発的なものじゃなくて、計画的な犯行だ。既に後宮でも宮廷でも万全な地位を得た彼女がそんなことをするとしたら……それこそすべてが彼女の計画で、賢妃様個人に恨みがあったから、くらいだよね」

「なるほど、そのようなお考えもありましたか。どうしてそのようなことをお考えになられたのです？」

「ほら、だって確か噂話《うわさばなし》の一つに、『珀右丞相が留学していたときに珀長官と出会って、そのときに見初めた』という話があったよね。だったら、賢妃様と面識があっても不思議ではないと思ったんだよ」

皓月はぴくりと震えながらも、間に割って入る。

「その噂が本当だったら、大変運命的でわたしとしても嬉《うれ》しいのですが……実を言いますとわたしと妻は、妻がお役目を賜る前に初めて顔を合わせたのです。なので妻が以前から賢妃様を存じ上げていたという可能性は、ほぼないに等しいかと」

「そうだったのか。やはり噂など、当てにならないものだね」

「はい。現実はなかなかままならないものです」

すると、空泉が口を挟んでくる。

「ですが、なかなかに興味深いお話でした。わたしたちにはない観点でしたね、良《い》い情報をありがとうございます」

「そうかい？　ならば良かった」

「ですがその観点からいきますと、珀家を排除すれば事実上革新派の頂点に君臨される柳尚書にも、珀長官を害する理由があるということになりません？」

不意をつく形でされたとんでもない質問に、皓月はぎょっとする。そういう話をすることになっていたが、まさかこの状況下でしてくるとは思ってみなかったからだ。

しかしその一方で、雨航は笑い飛ばしながら言う。

「それを言ったら、大なり小なり何か出てきてしまうよ！　それを証明するには、やっぱり証拠がいるね」

「そうですよね。やはり動機だけ揃《そろ》っていても、証拠にはなりません」

「そうだね。だからわたしから言えることは、『珀長官には賢妃様を毒殺する理由がない』。ただこれだけだ」

軽い冗談を交わしたときのように、雨航は空泉の質問をいなしてしまった。

そして空泉も、そこからさらに追及するようなことはなく雨航に乗っかる形で世間話をし始める。

「いやはや、やはり柳尚書はお心が広く、何より博識でいらっしゃる。わたしも見習わなくてはと思わされますね」

「いや、ただ無駄に歳《とし》を重ねてしまっただけだよ」

「何をおっしゃいますか、そうしたらわたしなど、無駄の多い人生を過ごしてきただけになってしまいます」

「ははは。まあ悪いことばかりではないさ。趣味さえ見つければ、なんだかんだ楽しく過ごせる」

「分かります。わたしは最近、馬に凝り始めていますよ」

「馬！　わたしは昔からだよ！」

そうしたら話が弾んだのか、空泉と雨航が趣味の話を始める。

「わたしは昔から、馬が好きでねえ……仔馬《こうま》から育っていくのを見るが楽しいんだ。その仔馬が大きくなって自分の予想を超える成長を遂げたときが、何より嬉しいね」

「さすが柳尚書、こだわってらっしゃる。わたしはまだまだ新参者でして、最近定期的に商人のところへ見に行くようになりました」

「ああ、分かるよ。良い馬が入っているのを見ると、つい嬉しくなって買ってしまうんだよね……」

あまりにも逸《そ》れていく話に、皓月は思わず慶木と顔を見合わせてしまった。

これ、ただの世間話になっていませんか……？

しかし会話を止めることができないまま、空泉と雨航のやりとりは白熱していく。

「はい。その馬を連れて狩りに出かけるのが、また楽しくて」

「狩猟も好きなのかい。わたしもだよ」

「そうなのですね！　柳尚書の馬は、さぞお速いのでしょうね」

「そうだね。かなり特殊な調教をしてもらったから速いし、脅《おび》えも少ない。何より、乗っているほうも振動を感じにくいんだ」

「そんな馬の調教法があるのですね！　ぜひ一度見せていただけたら嬉しいですっ」

「ふふ、機会があれば、ぜひ。……なんだ、江尚書と趣味があったなら、もっと早くこういった話をしていたらよかったな」

しみじみとした口調で雨航が言うと、空泉は嬉しそうに微笑《ほほえ》んだ。

「いえいえ、今からでも遅くありませんよ。今度一緒に狩猟に出かけましょう」

「もちろんだよ。そのときは君の自慢の馬を見せてくれ」

「ぜひ」

そうして会話を終えた二人は、周りからの微妙な視線に首を傾げた。

「どうかなさいましたか？　皆さん」

「いえ、その、ですね……」

「……話が終わったようならそろそろ帰りたいのだが、構わないか？」

皓月が躊躇《ためら》いがちに、慶木がうんざりした様子で口を開けば、空泉は目を瞬《しばたた》かせながら「ああ！」と大きな声を上げた。

「もちろんですよ！　柳尚書にも悪いですし、そろそろお暇《いとま》いたしましょう」

慶木からの「お前のせいで時間がかかったんだよ」という刺すような視線もなんのその。空泉が明るく告げる。

こうして、柳雨航との話し合いは和やかな空気を残して、なんとか終わったのだった。

＊

優蘭の命運が決まるまで、残り二十七日。

この日は朝から、最後の共犯者候補である刑部《けいぶ》尚書と話をする手筈《てはず》になっていた。

今回は今までの二人とは違い、水景を中心にして話を展開することが決定している。

と言うのも、刑部尚書はなかなか気難しい人間だからだ。

他の二件と同様、刑部の客間に五人が揃う。

刑部尚書・尹露淵《いんろえん》は、開口一番こう言った。

「用件は分かっています。珀長官の件でしょう？　彼女が白だと言うのであれば、その証拠をご提示ください」

ぴしゃりとした物言いに、水景がまあまあと口を開いた。

「尹尚書の仰《おっしゃ》りたいことは、分かります。ですが、これはお互いに仕事です。わたしたちは、陛下に言われて実態調査をしに来たのですよ。お話だけでも伺わせていただけませんか？」

「……それならば、珀右丞相は外すべきでしょう。嫌疑をかけられているのは、あなたの奥方ですよ？　確実に主観が入ります。客観的視点が必要な調査という場に、あなたの存在はいりません」

一貫した意見に、皓月は内心苦笑する。

絶対にこう言われると思っていたのですよね……。

事実、刑部に裁かれる際に重要となってくるのは客観的証拠だ。本人たちの証言はあまり当てにしない。人間は誰しも、罪から逃れようとするからだ。

それもあり、露淵は主観的感情的な証言を嫌い、証拠をことさら大切にする。それが、犯人を裁くための唯一の力だからだ。

その観点からいくと、優蘭との関係があまりにも近い皓月は露淵からしてみたらさぞ目障りだろう。当事者のようなものだからだ。事実、今回の件がこのまま通れば、珀家にも大なり小なり影響が及ぶ。そんな人間が調査班にいるのは、確かにおかしいかもしれない。

ですが。主観でしか見つけられないものもあります。

皓月の心の声を代弁するように、水景が口を開いた。

「尹尚書。今回わたしたちは、珀長官が潔白だという前提で動いております。つまりこういった場合、主観からでしか見つけられないものがあるかと」

「……なるほど？」

「はい。尹尚書の仰るとおり、証拠が大切なことは分かっております。ですのでその証拠を集めるためにも、今回ご協力いただけたらと思います。ご安心を。弁明をしに来たわけではございません」

水景の真剣な言葉に、露淵は少しばかり考える素振りを見せてから頷く。

「……分かりました。話があるのであればどうぞ」

なんとか話が進んだのを確認した皓月は、内心ほっとした。

尹尚書は本当に、厳格で真面目な方なのですよね。

出身は明貴と同じ玄菖州《げんしょうしゅう》、その中でも尹家は何事においても中立を貫く中級官吏の家だった。

家は代々真面目な人間が多く、コツコツ実績を積み重ねていき、年頃になれば皆高官になっている。

優秀だが融通が利かないのが玉に瑕《きず》だが、露淵のこういった性格が刑部には最も合っているというのは事実だ。刑部は、罪人の罪を明らかにし、その罪を白日の下に晒《さら》して裁く部署だからだ。

そんな露淵との話し合いを水景にさせたのは、二人の関係が知り合い以上のものだからである。

コッコツ、実直に。

そういう人間を好むきらいがある露淵と水景はとても相性が良いらしく、何かと話をしている姿を見かける。話をするだけ、と思うかもしれないが、露淵はとにかく人付き合いが悪いことで有名で、特に空泉のようなにこにこしている人とは馬が合わない。なので、ただ話ができるというだけでも十分に貴重なのだ。

そう思っての人選だったのだが、なんとか上手《うま》くいって良かったと皓月はほっと胸を撫《な》で下ろす。

その間にも、水景は真面目な顔をして話を進めている。

「今回尹尚書に伺いたいのは、容疑者である陶丁那《とうていな》のことです。彼女から話を聞き出したときのことを教えてください」

「……陛下へ提出した書類を、どうせ確認したのでしょう。内容はすべてそちらにまとめてありますが、それでも話を聞きたいですか？」

「はい。尹尚書ご本人が五感で感じたことを含めて、伺いたいのです」

「分かりました。話しましょう」

露淵は一つ息を吐く。

そして、思い出すかのように目を細めながら口を開いた。

「陶丁那を最初に取り調べたのは、彼女が自白をした一週間前の話です。第一印象は――幽霊のような少女、でしょうか」

「……幽霊ですか？」

「はい。顔に生気がなく、受け答えも単調で声に覇気もない。色白だということもあり、余計幽霊のように見えました。正直言って、罪の意識があるのかどうかすら怪しいですね」

「……つまり、自白すること自体がおかしいということですか？」

「はい。罪の意識から自白をしたと言っていましたが、それならば罪悪感というものが滲《し》みます。しかし彼女にはそれがなかった。……あれほど、裁くのに躊躇《ちゅうちょ》する被告もいませんよ」

参ったとでも言うように首を横に振りながら、露淵は重たいため息を吐き出す。

「しかし、陶丁那は事実砒素《ひそ》を所持していました」

「それは事実、毒でしたか？」

「間違いありません。魚を入れた壺《つぼ》の中にその薬を落としてみましたが、魚は見事全滅でしたよ。あんなのを人間が飲めば、ひとたまりもありません」

露淵は顔をしかめながら話を続ける。

「ただあれは誰かに毒を盛るために用意されたものではなく、定期的に服用するためのものです。獄中でも仕方なく飲ませていますが、彼女がそれで死に至るようなことはありません。そしてその服用頻度から見ても、彼女に協力者、ないしは主犯がいたことは明白です。砒素を知られずに後宮へ入れることができるのは、外部との繋《つな》がりがある人間ですから」

「そして、本人が口にしたのが珀長官だったというわけですね」

「その通りです」

露淵はため息をこぼした。

「秀女選抜の折、陶丁那を面接したのは珀優蘭でした。また、陶丁那が密《ひそ》かに会っていたと証言した書庫で、珀優蘭と陶丁那が話をしている姿を女官や宦官《かんがん》たちが確認しているのです。嫌疑をかけるには十分でしょう。また珀優蘭は、後宮の外と中を唯一出入りできる女性です。砒素を手に入れることも容易《たやす》いでしょう。行動を起こせるだけの要素は揃《そろ》っています」

「しかし確たる証拠ではないこともあり、一ヶ月間保留にして調査を継続し、珀長官の身柄を押さえるために郭家の屋敷《やしき》に軟禁した、というわけですか」

「そうです。帰省時期ということもあり、逃亡の恐れもありましたからね。念のための措置です」

話に関してはよく分かった。だが皓月には一つだけ、疑問があった。なので挙手をして許可を取る。

「尹尚書。一つ宜《よろ》しいですか？」

「……なんでしょう」

「陶丁那は、賢妃様を暗殺しようとする前に自白したのですよね？」

「はい」

「その理由は、『人を殺すことに躊躇いを覚えたから』と報告書に書かれていましたが、間違いありませんか？」

「そうです」

「ですが尹尚書は先ほど、陶丁那には罪悪感がないように感じたとおっしゃっておいででした。……その辺りの齟齬《そご》に関しては、いかがお考えですか？」

露淵は、眉《まゆ》を思い切りしかめてからわざとらしくため息をこぼした。

「分かりませんよ。その辺りも含めて、現在刑部では調査を進めています。健美省《けんびしょう》の書類等も一式、すべて刑部に引き渡すことになっていますから、その辺りも自《おの》ずと分かるでしょう。御史台も別角度から調査中です。……わたしから言えることは、これくらいなものです」

「そうですか。分かりました、ありがとうございます」

露淵は、証拠がない状態で憶測を言ったりしない。つまり言葉の通り、本当に分からないのだ。ならばまだやりようもあると安心する。

同時に、露淵も今回の件に関して少なからず思うところがある、ということもよく分かった。でなければ、あんなにもあからさまに眉をひそめたりため息を吐いたりはしない。ただ、確証がないことを彼の立場では言えないという、本当にそれだけなのだろう。

満足した皓月が水景に向かって頷《うなず》くと、彼も同様に頷いてから話を本題に移す。

「尹尚書」

「なんでしょう、呉侍郎」

「わたしたちの推測を聞いてください」

それは、露淵に質問をするというわけではなく――逆に、こちらの推測を語りかける、というものだった。

そして露淵が話を打ち切る前に、水景が「ただの独り言ですので」と言葉を繋ぐ。こうすることで、露淵に「ただ本当に話を聞くだけで良《い》い」と強調するためだ。でないと、証拠がない憶測を露淵が聞いてくれるわけもないからだ。

宦官長の共犯者を探したいのに、相手の反応が見られないなど話を聞きにきた意味がありませんからね。

事件のあらましももちろん気になるが、本題はそこだった。

すると露淵がため息をつきながらも顎《あご》をしゃくって話を促してくる。どうやら、話は聞いてくれるらしい。

作戦通りことが運んだことにほっとしつつ、皓月は水景が語る声を黙って傾聴した。

「まず大前提として、わたしたちは珀長官が黒幕ではないと考えております。しかしそれと同時に、黒幕自体はいるとも考えているのです。問題は、それが何者かということですね」

一つ咳《せき》をしてから、水景はさらに話を進める。まず、指を一本立てた。

「第一に。今回の黒幕は、つい先日起こっていた『蕭麗月公主疑惑』『後宮内連続毒殺偽造事件』と同じ人物であると考えております。手口が似通っており、また珀家に対する執着を感じるからです」

続いて、指を二本立てる。

「第二に。今回の黒幕は、複数いると考えています。作戦の内容自体には愉快犯的悪意を感じますが、狙いが一貫して珀家だからです。そのため、最低でも二人はそれ相応の権力を持っている人物がいると思われます」

そして三本目の指を立てる。水景の目が、露淵を射抜いた。

「第三に。珀家が倒れて一番困るのは、陛下です。寵臣《ちょうしん》を二人も失うことになりますからね。そうなれば、右丞相を決めなくてはなりません。右丞相というのは、若手の中でも優秀な人間がなる役職です。そのときに候補になる可能性が一番高いのは……尹尚書のご子息かと、我々は考えました」

最後の言葉を聞き、露淵の表情が初めて変わる。同時に、声をあげて笑った。しかしすぐに笑みを消すと、冷めた目で水景を睨《にら》む。

「つまり、犯人はわたしだと？」

「可能性は十分にあるかと。いわゆるところの動機というものですね」

「それだけで犯人だと決められるのであれば、刑部も御史台もいりませんよ」

「おっしゃる通りです。なので、犯人に繋がる証拠が見つかり次第お知らせさせていただきます」

「……なら次にお会いするときは、その証拠とやらを持ってきてください」

そうぴしゃりと言うと、露淵は立ち上がり扉のほうへ歩いて行ってしまう。

しかし一度だけ振り返ると、冷めた声で言った。

「こんな時季に仕事が湧いて出てきてしまったせいで、帰省の予定は見事なくなりました。……中々やり甲斐《がい》のある年末年始になりそうで、幸いです」

そう嫌みのこもった言葉だけを言い残すと、露淵はその場を後にしたのだ——

＊

それから四人で話し合いをしたが、やはりというべきか。疑いのある三人の中の誰が犯人なのか、確定するには至らなかった。

当たり前だ。話を聞いただけで分かれば、誰も苦労はしない。

しかし今のところ有力なのは、工部尚書・柳雨航と、刑部尚書・尹露淵の二人だ。

雨航は、珀家がその座を退けば、派閥の中の頂点に君臨できる。

露淵は、皓月が右丞相を退けば、息子が右丞相の座に就く可能性が高くなる。

どちらにも、犯行に至るだけの動機があった。

ひとまずこの二人に絞りつつ、皓月は右丞相の仕事と併せて戸部尚書・徐天侑からもらった資料の一部を確認する。四人で分割して確認作業にあたっているのだが、いかんせん数が膨大すぎて全てを確認するのに数日かかりそうだった。

早く証拠に繋がりそうな情報を見つけ出さなければ、いけないのに……。

そんなもどかしい思いを抱えながらも、皓月は真っ暗闇の中とぼとぼと屋敷に帰宅する。

屋敷ではいつも通り、湘雲《しょううん》が出迎えてくれた。

「おかえりなさいませ、旦那様《だんなさま》」

「はい。ただいま帰りました」

「……お顔色が悪いようですが、大丈夫ですか？」

荷物と外套《がいとう》を湘雲に預けながら、苦笑する。

「……あまり、大丈夫ではないかも……しれません、ね」

久々にぽろりと、本音が漏れた。

湘雲に対して泣き言を言ったのは、幼い頃以来かもしれない。それも、運悪く体調が悪い際に、静華《じょうか》と会わなくてはならなくなったときだ。

静華のあまりの横暴さに耐えかねて、しかし母が茶会を開いていて縋《すが》るに縋れず、代わりに湘雲に泣きついた。あの日のことは今も鮮明に思い出せるくらい、印象深い思い出となっている。

さすがに今は泣きはしないが、疲れがどっと出て頭痛がしてくる。

何より、優蘭がいない屋敷は、皓月には広すぎた。

そう、ですか。優蘭は、いないんでしたね……。

そのことを改めて突きつけられると、胸がぽっかり空いたような心地になって体が重たくなる。成果という成果が上がらなかったこともあり、今日の皓月は精神的にも肉体的にも疲れ切っていた。

憔悴《しょうすい》しきった皓月の様子を見て、ただならぬ空気を察したのだろう。湘雲は問答無用で皓月を食堂に連れて行き、食卓に無理やり座らせる。それから用意してあった膝掛《ひざか》けと毛布で皓月をぐるぐる巻きにしてから、使用人に皓月を見張らせてどこかへ行ってしまった。

ぽかん、としたままその様子を見送れば、少しして湘雲が帰ってくる。その手にはお盆があって、その上には硝子《ガラス》製の茶杯が置かれていた。茶杯の中には何か花のようなものがゆらゆらと漂っている。

ふわりと漂ってくる懐かしい香りを感じて、皓月は目を見開いた。

茉莉花茶《ジャスミン》と、梅酒の香り……。

それは、柊雪州でよく飲まれている混酒だった。皓月が以前、秀女選抜が終わった後に開いた二人だけの宴会で、優蘭に振舞ったものだ。

湘雲はそれを皓月の前におくと、無言で飲むことを促す。

一口含めば、梅の芳醇《ほうじゅん》な香りと茉莉花茶の華やかな香りが鼻を抜けた。濃厚な梅酒の甘酸っぱさが、喉《のど》を通ってゆっくり沁《し》み込んでいく。

思わずほっと息を吐いたら、湘雲が口を開いた。

「旦那様は昔から、梅がお好きでしたね」

「……ふふ、そうですね」

「はい。幼い頃は、梅果蜜《ばいかみつ》を水で薄めたものを。成人されてからは梅酒をよく飲まれておりました」

「そうですね。思い出の味です」

目を瞑《つぶ》れば、幼い頃の記憶が昨日のことのように思い浮かんだ。

……夏の暑い日、湘雲が作ってくれた梅果蜜を母上と一緒によく飲みました。

母も、梅が好きだった。お茶も、母が好きなものだ。皓月の好きなものは母から全て受け継いで、そして優蘭との思い出にも繋《つな》がっている。

その思い出を順々になぞっていったら、不思議とざわめいていた心が落ち着いていた。

それが、皓月の表情を見て分かったのだろう。湘雲はすっと目を閉じて言う。

「お食事を用意して参ります」

「……はい。ありがとうございます」

「いえ。……それでは、ご家族で仲良くお過ごしくださいませ」

……ご家族で？

思わず目を瞬《しばたた》かせれば、後ろから人の気配がする。そうしたら、顔の横から手が伸びてきた。そのまま後ろから、誰かが抱き着いてくる。

懐かしい薔薇《ばら》の香りがして、皓月は思わずため息をこぼした。

「母上。わたしはもう、そういうので驚く年齢ではありませんよ？」

「あら、それは残念だわ、皓月。昔はあんなにも可愛《かわい》かったのに」

後ろを振り向けば、そこには濡羽色《ぬればいろ》の髪と垂れ目をした女性がいた。右につや黒子《ぼくろ》がある、年齢不詳の女性だ。

珀璃美《りび》。皓月の母親。

久しく会っていなかった母の姿を見て、皓月は苦笑した。

「できれば、普通に現れていただけたら嬉《うれ》しいのですが」

「あら、せっかくですもの。驚かせたいじゃない？」

「母上が屋敷《やしき》にいたこと自体、驚きましたよ……」

「ふふふ。それならば良かった」

そう言うと、璃美は楽しそうに笑って皓月の向かい側の席に腰掛ける。そして、頬杖《ほおづえ》をついた。

「優蘭ちゃんの嫌疑を晴らすの、苦戦しているみたいね」

「……ええ、まあ。ですがこればかりは、こつこつと証拠を探すしかありません」

「そうねー。でも、優蘭ちゃんの私物は大方、刑部の方々に持っていかれちゃったのでしょう？」

「……それればかりは仕方ありません。向こうも仕事をしているだけです」

屋敷だけでなく、後宮の方にある書類も大方、刑部に回収されてしまった。刑部内で見ることは可能だが、自由に持ち出すことは難しい。なので優蘭が調べていたことから犯人を導き出すのは、他の証拠を集めてからだろう。

　吐息をついてからまた混酒を一口含めば、璃美が皓月の目の前に何かをかざした。皓月は目を瞬かせる。

「はぁい、皓月。これはなんでしょう？」

「……お守り、ですか？」

「そう。『後宮内連続毒殺偽造事件』の際に犯人らしき男が落としていった、寺院のお守りよ。あたくしが、調べると言って預かっていたの。優蘭ちゃんから聞いてない？」

「……そう言えば、慶木が言っていた気が……」

　郭家に連れて行かれて情報共有をした際、そんな言伝《ことづて》を預かったと言っていた覚えがある。しかし今の今まで、そのことをすっかり忘れていた。

　皓月の表情からそれを察した璃美は、呆《あき》れ顔で肩をすくめる。

「皓月。優蘭ちゃんからの大切な伝言を忘れるなんて、あなた、動揺しすぎよ」

「すみません……ただ、わたしが優蘭の潔白を証明できなければ、彼女の人生そのものがつぶされてしまうと思うと恐ろしくて……」

　離縁はもちろん嫌だ。できることならばしたくない。しかしそれ以上に恐ろしいことは、優蘭が優蘭らしく生きられなくなってしまうということだ。

　重たい責任が両肩に載っている気がして、思わず身がすくんでしまう。そんな皓月を一《いち》瞥《べっ》し、璃美は呆れを滲《にじ》ませた笑みを浮かべた。

「……これなら、優蘭ちゃんのほうがよっぽど度胸があったわね。とてもとても怒って悲しんで、自分の無力さを痛いくらい噛《か》み締めた後……あなたの潔白を晴らすためなら、なんでもしてやるって息巻いていたもの」

「……優蘭らしいですね」

そう。優蘭はいつだって真っ直《す》ぐで、度胸があって。皓月が立ち止まったり戸惑ってしまったときも、手を引いてぐいぐい進んでくれた。道を示してくれた。大切なもののためならば、そういうことを躊躇《ためら》わずにする女性だ。

そして皓月だって、優蘭のためならばなんだってする。

手放す気など、毛頭ないのだから。

皓月は顔を上げた。

「ですが、もう大丈夫です。覚悟は決まりました」

「……そう。なら良かった」

「それで、母上。そちらのお守りは、どちらの寺院のものでしたか？」

璃美は、皓月の手のひらに柊《ひいらぎ》と茉莉花《まつりか》が銀糸で刺繍《ししゅう》された白いお守りを載せた。

「これは見ての通り、柊雪州のものね。珀家の領地がある最北にほど近い町、琉條《るじょう》の香《こう》岩寺《がんじ》のものだったわ。わざわざ使者を出して住職に話を聞きに行かせたから、間違いないわ」

「香岩寺ですか……」

香岩寺。その名前をどこかで聞いたことがある気がするのだが、記憶が古すぎるのかどうにも思い出せない。

少なくとも、皓月自身は香岩寺に行ったことがなかった。柊雪州の大半を珀家が治めているからといって、寺院の一つ一つを把握しているわけではない。琉條は珀家の領地ではないため、なおのこと分からない。

ならば一体どこで、その名前を知ったのか。

そう思いうんうん頭を悩ませていると、璃美が皓月の頬を突いてくる。

「……あの、母上。他に何か？」

「あるわよ」

「なんでしょう？」

「ふふふ。ここで皓月に、一つ質問よ。寺院のお守りの中には、一体何が入っているでしょう？」

璃美が何を言いたいのかさっぱり分からず、皓月は首を傾《かし》げる。しかし元々の性格もあり、真面目に答えた。

「基本的には、符が入っています。ただ寺院によっては、符以外にも神事で使う植物を乾燥させたものを入れたりするところもありますね。地域ごとに特色があって、柊雪州では榊《さかき》が多いです」

「はい、よくできました。でも皓月、その符には、お守りの効果を高めるために渡した相手の名前が刻まれることを知っていた？」

「……え？」

「ふふふ、犯人も可哀想《かわいそう》にね？　よりにもよってお守りを落としていくなんて、天に見放されてしまったのかしら」

皓月は手のひらの上に載るお守りを凝視する。

そんな皓月の顔を見つめながら、璃美は悪い顔をして言った。

「符に刻まれていた名前は――雨航。工部尚書、柳雨航よ」

「……柳尚書」

「そう。彼は何かしら、事件に関与しているはずだわ」

璃美の言葉がどこか遠くの出来事のように響いているのは、皓月の頭が別のところへ意識を向けているからだ。

それは、記憶だ。皓月は今記憶を掘り起こしている。

柳雨航、琉條、香岩寺。

その単語が出揃《でそろ》った段階でようやく、皓月は記憶の奥底に眠っていた一つの情報を探り当てた。

なる、ほど。そういう……！

ぽっかりと空いていた部分が、『お守り』の存在を得てどんどん埋まっていくのを感じる。

今まで霧がかっていた視界が一気に開けたような気がして、皓月は思わず璃美の手を掴《つか》んだ。

「母上、ありがとうございます！　繋がりました！」

「あら、本当？」

「はい！　ただそのためには裏付けが必要でして……ああ、そうです。屋敷にいる場合ではありません、宮廷に戻らなくては……！」

「ちょっ、皓月、今は真夜中よ⁉　もう宮廷への門は閉まってるわよ、開くのは明日だわ！」

「あ、そ、そうでした……あああ、もどかしい……！」

行き場のない感情をどこに向けていいのか分からずわたわたしていると、璃美が皓月の両頬を掴んだ。そして顔をぐいっと近づけてから、言う。

「皓月、落ち着きなさい？」

「は、は、い」

「優蘭ちゃんのことを想《おも》うなら、今日は夕餉《ゆうげ》を取ってお風呂に入って早々に寝ること。そして明日は朝一番に出勤すること。それが最善よ。違う？」

「い、いえ、違いません……」

「よろしい。なら、席に着きなさい。そろそろ湘雲が夕餉を運んでくれるから」

「はい」

その予想通り、湘雲が夕餉を運んできた。皓月はそれを口にしながら、優蘭のことを考える。

……待っていてください、優蘭。今度はわたしが必ず、あなたのことを救ってみせます。

その想いを胸に、皓月は全ての食事を綺麗《きれい》に平らげたのだった——

第三章　夫、自身の無力さを噛み締める

珀優蘭《はくゆうらん》の命運が決まるまで、残り二十四日。

その日、皓月《こうげつ》は調査班の人員を朝から呼び出した。

場所はもちろん、劉亮《りゅうりょう》の執務室だ。他の会議部屋と違い他人が入ってくる可能性はほぼなく、護衛が張り付いているということもあり機密性が保てるからだ。

と言っても、帰省時期が早い人は今日辺りから実家に帰っている。なので宮廷の人員は今、普段より少ないくらいだった。なのにこうしていつも以上に仕事をしているのは、おそらく皓月たちくらいなものだろう。

そうして集まった面々の中で、皓月は唯一目の下にひどい隈《くま》をつけていた。あまりにも立派なものに、慶木《けいぼく》がドン引きしている。

「皓月、貴殿もしかしなくとも、泊まり込みで徹夜をしたな？」

「大丈夫です、毎日一刻《二時間》ほどは寝ていますよ」

徹夜ではないだけマシでしょう？

そういう意味を込めて言い返せば、慶木が眉《まゆ》を寄せて顔をしかめる。

「阿呆《あほ》かちゃんと屋敷《やしき》に帰って寝ろ。でなければ貴殿の妻に告げ口をする」

「あなたと違って妻に嫌われたくありませんから、やめてください……時間がなかっただけですから、今回限りです。それに江尚書《こうしょうしょ》と呉侍郎《ごじろう》にもお手伝いいただきましたから、無理はしていませんよ」

「色々言いたいことは山ほどあるが、目の隈を消してからそういう発言はしてくれ」

慶木にしてはもっともな意見だ。

ちなみに空泉《くうせん》と水景《すいけい》には、敵対派閥ということでいがみ合っているはずの皓月と慶木が、本当は志を共にする関係だということを明かしてある。班として行動する以上どんなに隠してもばれるし、皓月もそのようなことに労力を使うくらいならば犯人を捜し出すほうに尽力したかったからだ。

それもあり、二人はこのやりとりに驚くことなく、むしろにこやかに見守っている。

眠気覚まし代わりのやりとりもほどほどに、皓月はここ四日間で調査しまとめた情報を全員に公開した。

「まず、結論から。範宦官長《はんかんがん》の共犯者は間違いなく、柳《りゅう》尚書です」

「ほう。その理由は？」

「優蘭が『後宮内連続毒殺偽造事件』の際に拾った、犯人と思《おぼ》しき人間が落としていったお守りがあったからです」

皓月は、握り締めれば拳《こぶし》の中にすっぽり隠れてしまうくらい小さなそれを全員に見せた。

「皆様ご存じのとおり、お守りの柄や使われている布は、寺院によって違います。調べたところ、これは柊雪州《しゅうせつしゅう》の琉條《るじょう》という場所にある、香岩寺《こうがんじ》という寺院のお守りでした」

そして皓月は、お守りの口を開くと中から符を取り出す。小さく畳まれた紙を広げればびっしりと文字が綴《つづ》られており、そちらが天に守護を願う文だ。その最後の締めの部分に『柳雨航《うこう》』の文字が刻まれている。

「そしてこの通り、符の最後にお守りの効力を上げるため、名前を刻むことがあるそうなんです。香岩寺はそういった寺院でした」

「……このようなことで関与がばれてしまうなど、嫌ですねぇ……」

空泉が眼鏡のずれを直しつつ、嬉《うれ》しそうに言う。全く嫌そうに見えないのはおそらく、皓月だけではないだろう。

しかし本題は、お守りに名前が刻まれていたことではない。

その寺院が、どういう寺院かということだ。

皓月はため息を吐き出した。

そして、仕事を放棄して眠りこけようとしている劉亮に向けて、笑みと共に語りかける。

「主上」

「うーん……なんだ、皓月。うるさいぞ……？」

「眠られるくらいでしたら、わたしの質問にお答えください。……柊雪州、琉條、香岩寺。この寺に、聞き覚えはありませんか？」

「香岩寺ぃ？　どこだ、そこは」

どうやら劉亮は皓月と違い、寺院の名前に引っかかりすら覚えなかったようだ。予想してはいたが、思わず苦笑する。

「……やはり、主上も覚えておられませんよね。かく言う私も、完全に忘れておりましたから」

その言葉とともに皓月が取り出したのは、長い長い巻物だった。それを卓上で広げつつ、皓月は言う。

「この巻物は、皇家の血を継いでいる方を記したものです。血を継いでいる方というのは、申告をすれば焼印をつけられて皇家の血を継いでいるとされますから……。そしてそういった方々は家系図に必ず載せられる決まりになっているのです」

「ほう。確かにそんなものもあったなぁ」

劉亮が呑気《のんき》にそんなことを言っているのを聞き流しつつ、皓月は名前を探した。

「そして……ここ。先先代皇帝の臣籍降下された弟君、その玄孫《やしゃご》ですね。ご両親共流行病《はやりやまい》で亡くなられておりまして、立場もあり出家されております。……この方が預けられている寺院というのが、香岩寺なのですよ」

すると、今まで眠そうだった劉亮が驚いたように目を見開き、皓月を見る。その目にはいつものような茶化す色はなく、真剣そのものだった。

ピリリとした空気をまとった劉亮が、矢継ぎ早に言う。

「玄孫の年齢は」

「数えでまだ六つになります」

「皇族ならば後見人がおろう。誰だ」

「……工部《こうぶ》尚書、柳雨航です」

おそらくその話を聞いて、雨航の真の目的が分からない人間はこの場にいないだろう。

黎暉大国《れいきたいこく》では、皇族の印を殊更大切にする。『蕭麗月《しょうれいげつ》公主疑惑』の際でも顕著だった。それはたとえ傍系でも変わらない。そして現状、劉亮以外で皇家の血族は、異国へ嫁いだ先代皇帝の公主。そして今回話題にのぼった傍系の玄孫だ。

つまり、劉亮が死ねば自動的に傍系の玄孫が第一後継者になる。しかしまだ六歳だ、自分でものを考えられる年齢ではない。そのときに玄孫が誰を信用するかと言えば、天涯孤独の自分の後見人になってくれた雨航ただ一人だろう。

つまり、珀家に大きな打撃を与えて失脚させた上で劉亮を殺害すれば、雨航が影の皇帝になれる。

そう。雨航の本来の目的は珀家などではなく。

皇帝の座、そのものだったのだ。

それ以外の証拠を提示するべく、皓月は戸部《こぶ》の徐天侑《じょてんゆう》から渡された資料を取り出す。

「そしてこちらが、徐尚書が調べ上げた過去の決算書です。工部ですが、十年前から年に数回補強のために道路整備をしています。ちょうど柳雨航が尚書に就任した辺りからですね。場所は固定されておらず様々ですが、申告された職人の人数がほんの数十水増しされていた、とのことです」

「つまり、横領をしていたというわけですね。わたしもこれには驚きました」

空泉が肩をすくめた。

道路の整備や補強は、他国との交易を深めていく上でとても重要だ。特に都へと繋《つな》がる道が整えば、その分鮮度のある食材が運べる。また整備されていなければ数日かかる道のりが、半分で済むということにもなるのだ。

交易を進める上で重要なことだったため、皓月も劉亮も、また皓月の父、左丞相《さじょうしょう》も気づかなかったし気にも留めなかった。さすが十年前から不正を行なっていただけある、と内心感心する。

それは劉亮も同じで、目を丸くしつつ天侑のことを問うた。

「ほう、数十か。それをどうやって突き止めた？」

「どうやら、つてを頼ったようですね。当時工事を依頼した職人から人数と給与を確認したようです。ただ五年以前のものはどうやら、その辺りの記録が曖昧《あいまい》で……ちゃんとした記録が残っているのは、天佑が戸部尚書に就任した五年前からです」

「徐天佑はどうしてそれを黙っていた？」

「あくまで少数というのと、そのときに横領したと思われる金銭の使い道が判明しなかったからのようですね。徐尚書としても、悔しい思いをしていたようですよ」

「金銭に対する執着を感じられてなかなかに気味が悪いが、あの男が戸部を牛耳っている限り宮廷で不正はできなそうだな！」

これで気味が悪いと言われてしまうようならば、五年前に徐尚書が秘密裏に話を持ちかけて金庫番に知り合いの商人を入れて記録を残させるようにしたとか、関所の通過記録等を調べて柳尚書の私的な外出先を記録していた等《など》の話をしたら、どのような顔をされてしまうのでしょうか……。

きっと、いや間違いなく、劉亮と慶木が「それは本当なのか……？」という疑いの眼差《まなざ》しで皓月を見てきそうだと思う。皓月自身、天佑のこの金に対する執着っぷりがどこからくるのか一度聞いてみたいところである。

まあ残念なことに、これらの話は他の証拠にも関わってくるので隠せるわけもなく、これから公開されるわけですが……。

　天佑本人に対する印象がここでまた変わりそうだな、と思いつつ、皓月はまた別の資料を見せる。今度のものは、雨航がどこへ頻繁に足を運んでいたかの記録だ。

「こちら、柳尚書が私的な用事で通っていた場所についてです。こちらも徐尚書から記録をいただきました。休みのたびに様々なところへ足を運んでいますが、一番頻度が高いのは白桜州《はくおうしゅう》へと続く関所のようですね」

　予想通り、劉亮と慶木が皓月の顔を見つめてきた。その顔には「その情報は本当か？」と書いてある。

　それに対し皓月は笑みをたたえたまま、一つだけ深く頷《うなず》いて見せた。長い付き合いなので、これで十分伝わる。

　すると、劉亮と慶木が揃《そろ》って乾いた笑みを浮かべた。

「天佑のやつ、その執念は一体どこから湧いてくるのだ……」

「今回は大変役に立ったが、職務に該当しない過剰な行動ではないか……？」

　劉亮に続いて、慶木が遠い目をしながらそんなことを言う。

　天佑に対してかなり失礼なことを言っていたがそれを指摘する暇もないので無視しつつ、皓月は空泉に目配せをした。

「さらに言いますと、どうやら御史台《ぎょしだい》も柳尚書には目をつけていたようです。陛下が即位されて新御史大夫《ぎょしたいふ》に変わりましたでしょう？　それがきっかけのようですね」

「なるほどなぁ。やはり無能はすげ替えるに限る」

「おっしゃる通りで。そして柳尚書ですが、四年前辺りから見張りをつけるようになったと、知り合いから確認を取りました。よく足を運んだ場所の特定ができています」

「ほう、見張り。どこへよく向かっていた？」

「白桜州の小さな集落ですね。面白い点がいくつかあります。一つ目は、その集落には白桜州と海を挟んだ向こう側にある和宮皇国《かずのみやこうこく》からの荷物がよく届いていたようです。荷物の中身は不明です」

「密輪か」

「はい。ただこちらの集落と陶丁那《とうていな》が居住地として示した白桜州の村が同一であることが、御史台官吏とこの集落を訪れたことがある妻の生家、玉家《ぎょく》からの情報で明らかになっています。なのでおそらく、砒素《ひそ》を持ち込んだのではないかと推測します」

「ほう。そこと繫がったか」

「はい。そして玉家からの情報によりますと……この村は若者のほうが多く、皆一様に肌が白かったようです。代わりに、世話を焼いている大人たちにはそのようなことはなかったようですね。村長は、自分も孤児でそれを不憫《ふびん》に思ったために孤児ばかりを集めた集落だからと言っていたようですが……流石《さすが》に無理があるかと」

「……つまり、暗殺者養成場所だという可能性が高いわけか」

「はい、残念ながら……」

丁那の年齢は十四歳だ。幼い頃から毒に慣らさなければ致死率が上がるということを考えると、少なくとも十年ほど前からこの村はあって、じっくり時間をかけて暗殺者を作り出していたことになる。

この暗殺者たちの恐ろしいところは、本人には決して暗殺術の心得などなく、しかし気づいたら毒の効かない体にさせられている、という点だ。しかも今回の丁那のように毒味役になるよう仕向ければ、悪意なく人を殺す少年少女たちが出来上がる。

そして何よりおぞましいのは、そんな手間も金銭も時間もかかる暗殺者を十年以上かけて生み出した、醜い大人たちだ。

その醜悪さに、吐き気がしてくる。しかしそれをぐっと堪えた皓月は、話を続けた。

「そしてこちらの集落には、範宦官長も足を運んでいたようです。柳尚書と会うこともあったようで、おそらくここで密談をしていたのではないかと思います」

「これも御史台からの情報ですが、お二人とも周囲には慈善活動をしていると言っていたようですよ。内実を知らない御史台官吏も、ただの会談場所かと思い込んでいたようです。まあ確かに、孤児たちを集めて集落を作り、彼ら彼女らが生きていくのに困らないよう世話をし、頃合いになれば就業先も斡旋《あっせん》していたようなので……慈善活動と、言えなくもありませんね」

　空泉が曖昧な笑みを浮かべる。その顔を見た劉亮が、声をあげて笑った。

「空泉。そなた珍しく怒っているな？」

「ああ、分かりますか？　いえ、さすがにこの……あまりにも非人道的かつ狂気的行動でしたので、つい」

「……まあ、そなたの気持ちは分かる。きっと奴らの腹の中にいるのは、正真正銘の鬼だろうよ」

　それだけは、間違いようのない事実だ。

　その証拠に、ここにいる誰もがはらわたが煮えくり返るほどの怒りを抱えている。子どもは得意ではないと言っている慶木でさえこれなのだから、その怒りは火を見るより明らかだろう。

　そこで、今まで何かを考えるように黙り込んでいた水景が初めて口を開いた。

「一つ、意見してもよろしいでしょうか」

「どうした、水景」

「はい陛下。今回導き出された結論に関しては、全く異を唱えるつもりはありません。ただ……珀長官を陥れようとした件に関しては、いささか不審な点が多いかと思うのです」

「……どういう意味でしょう、呉侍郎」

「簡単です、珀右丞相《うじょうしょう》。やり口が、手ぬるいのです」

水景はすっと目を細めた。

「具体的にいつから、範宦官長と柳尚書が画策していたかは分かりませんが……『范燕《はんえん》珠《じゅ》』が砒素を飲まされていたことが本当ならば、おそらく皇家の人間を次々毒殺していった『執毒事件《しゅうどくじけん》』にも、彼らが関与していたと思います」

「ふむ。そして『執毒事件』とかぶる形で、余が留学をしていた珠麻王国《じゅまおうこく》と黎暉大国との国境沿いでいざこざがあり、珀家当主が対応した。このときに狙われたのも珀家だった。……なるほど、奴らは一度、しくじっておるのだな」

「はい。それも、練りに練った作戦を台無しにされています。残念なことに、それを教訓にしない方々ではありません。そんな彼らが考えたにしては、珀長官に対する追い詰め方は生ぬるいのです。それに、時期も気になります」

「……時期、ですか？」

皓月が疑問の声をあげれば、水景は頷いた。

「珀長官の関与が疑われたのは、紫金会《しきんかい》の後です。この時期が過ぎれば宮廷はひとまず落ち着き、年末年始を家族で過ごすべく帰省をする人たちで溢《あふ》れ返ります。黎暉大国の人間は、年末年始の休みをとても大切にし、余程の事態でない限り罪人を裁いたりはしません。今までの記録を見る限りでも、年始月半ばの辺りにまとめて行なっていますね」

「……つまり犯人たちはわざとこの時期を狙って、優蘭を容疑者に仕立て上げたということですか？」

「はい。我々にとっても必要な一ヶ月ですが、犯人たちにとってもこの一ヶ月は必要だった。それは何故《なぜ》か。……作戦の成功率を高めるために、証拠となるものを全て処分しようとしているからではないでしょうか」

「……それは、つまり」

「はい。珀長官の件はあくまで我々の注意を引くための囮《おとり》。本来の目的はおそらく、証拠隠滅です。そうなれば……白桜州の集落の人間が、まとめて殺されるかもしれません」

ここで、そんなことがあるはずがないと笑い飛ばせれば、どれくらい楽だったのだろう。

しかし現実はそうもいかない。

これまでの非人道的かつ狂気的な作戦の数々を見ていれば、水景の考えの方が正しいと、そう思えてくる。

それを聞いた慶木は、腕を組んだ格好のまま重々しく口を開いた。

「主上。もし村の実態が本当に暗殺者養成所なのだとしたら……それを消されるのは、こちらとしても困るのでは？」

「ふうむ、そうさな。柳雨航ももう帰省しているし、動く可能性は高い」

「はい。ですが彼らの目的が証拠隠滅ならば、その証拠となる場所を観察しておけばいい。

ここの動向次第では今後の作戦内容にもかかわってきますし、一度、少人数で内情の確認に向かわせてください」

「……分かった、許す。ただし、水景を連れて行け」

「……お言葉ですが主上。呉侍郎は体が弱い。今回の確認は隠密《おんみつ》行動が必須な上、かなり無茶をすることになるかと思います。正直言って、足手まといにしかならないかと」

「慶木」

あまりにも直接的な物言いを咎《とが》めるために皓月が名前を呼んだが、水景が「事実ですから大丈夫です」と軽く咳《せき》をこぼしてから言う。

しかし水景は決して慶木に怯《ひる》むことなく、言葉を発した。

「郭《かく》将軍。確かにわたしは体が弱く、とてもではありませんが武官の方々と同じ行動は取れません。ですが、陛下の思惑は分かります」

「ほう。言うてみよ」

「陛下がお求めなのは、わたしの記憶力。つまり、村の実態を明らかにするために、宮廷での関係者がいないかどうかの確認をされたいのではありませんか？」

劉亮は、にやりと笑った。

「その通りだ、呉水景。そのような村を運営していくならば、それ相応に信頼した相手を置くだろう。その中に辞職者、また首を切った人間がおるやもしれぬ。その際に重要になるのは、顔だ。そしてそなたは十年前から宮廷の吏部《りぶ》におる古株で、一度は必ず官吏たちと顔を合わせておる。……確認くらい、できよう？」

「もちろんです」

「ならばやれ。これは命令だ」

「仰せのままに」

起拝の礼を取り劉亮からの命令を受諾した水景は、未《いま》だにむすっとした顔で睨《にら》んでくる慶木に対してにっこり笑みを向けた。

「というわけで郭将軍。足手まといになるかと思いますが、どうぞよろしくお願いします」

「……はぁ。もし体調が悪化したときは容赦なく捨てるが、それでも構わないか？」

「もちろんです。……役目を果たした後であれば、ですが。それまでは郭将軍がどうにか支援してください。優秀ですしそれくらいできますでしょう？」

「……使い物にならなくなったら、埋めてやる……」

「埋めるならしっかり息の根を止めてから、敵に見つからないよう気を付けて埋めてくださいね。まあこの雪の中では難しいでしょうが」

二人の間で、盛大に火花が散る。そんな調子で慶木とやり合っている水景は、どことなく生き生きしていた。

それを見た皓月は、内心ほっとする。

慶木に対してあれだけ言えるようでしたら、安心ですね……。

慶木は見た目通り、言い方や口調がとてもきつい。適度に言い返しておかないとさらに白熱するので、気の弱い人間とは相性が悪いのだ。

そのため、慶木と水景が長期間一緒にいるのはどうなのかと不安だったのだが、それはただの杞憂《きゆう》だったようだ。むしろ、水景があれだけ言い返せるということに驚きを隠せない。

皓月は思わず、笑みを浮かべた。

「慶木。呉侍郎と仲良くできそうで良かったですね」

「皓月、貴殿の目は節穴かっ？　これのどこが仲良くやれそうに見える⁉」

「そうですか？　郭将軍。わたしはこれから先仲良くできそうで、とても安心しているのですが」

「やかましいわ！」

そんな感じで、苛立《いらだ》たしげな慶木とは打って変わり、水景は軽く咳《せ》き込みながらもとても楽しそうだ。

その様子に上辺だけのものがないことは、慶木もよく分かったのだろう。気味悪いものを見るような目をして水景を見、叫ぶ。

「ええい、これだけ貶《けな》しているというのに何故楽しそうなのだ、呉水景！」

「いえいえ、郭将軍があまりにも予想通りの回答をされるので、おかしくて」

「なにっ？」

「病人のわたしを慮《おもんぱか》ってくださる方は多々おりますが、仲間として扱ってくださるのはあまりおりません。そういう良くも悪くも容赦のないところは、さすが郭将軍ですね」

その言葉が、どうやらとどめだったらしい。慶木は渋い顔をしてから口を数回開閉させた後、白旗を振った。

「……もういい、分かった。同行を認めよう。貴殿はわたしが背負って運ぶ」

「ありがとうございます、郭将軍。それならばわたしでもどうにかなりそうですね」

「ただ、わたしがやるのは背負うことだけだ！　薬や防寒対策などは自分でなんとかしろ、いいな？」

「もちろんです。最後までお気遣いいただき、感謝いたします」

「くそ、調子が狂う……」

そういう、気遣いはあるが喧嘩腰《けんかごし》で話すところなどは、とても徳妃《とくひ》と似ているな、と思いながら。皓月はひとまず、詰めていた息を吐き出したのだった。

＊

その日の午後、皓月は久方ぶりに後宮へと足を運んだ。共犯者の件がひとまず落ち着き、皓月たちも通常業務を再開しつつ他の証拠集めをすることになったからだ。

慶木と水景は、白桜州の村の実態調査と監視。

空泉は、御史台と情報を共有したり、御史台時代に作った情報源などを使って独自の調査を行なうらしい。そうなると同じ場所に集まって会議をするということは難しく、ひとまずは全て劉亮に報告をし、つど内容を確認する、という方法に落ち着いた。

だから皓月が次にしなくてはならないことは、次々と起こる事件のせいで不安がっているであろう後宮の妃嬪《ひひん》たちを宥《なだ》め守ることだった。

優蘭のことはもちろん気がかりだったが、それと同じくらい後宮の平和を守ることも大事だ。

特に気にしなくてはならないのは、また毒殺騒動に巻き込まれた明貴《めいき》と、そろそろ臨月を迎えそうな紫薔《ししょう》の心身の状態を気にすることだ。

あと気がかりなのは、麗月だけでなく優蘭までもが欠けてしまった健美省《けんびしょう》が、上手《うま》く機能しているのか、でしょうか……。

麗月に公主疑惑がかけられ、諸々《もろもろ》の噂《うわさ》が払拭《ふっしょく》できるまで牢《ろう》に入れられているというのを聞いたときでさえ、かなり怒り狂って動揺していたと優蘭から聞いている。

そこへ立て続けに、優蘭までもが軟禁だ。とてもではないが、冷静ではいられてないだろう。

皇帝派宦官《かんがん》の長・夏玄曽《かげんそう》を経由してやって欲しいことは伝えてあるが、どうなっていることやら。皓月自身が忙しかったので、その辺りがどうなっているのか今から恐ろしい。

そう思いながら、皓月は久方ぶりに女装をして後宮――その中でも、健美省の職場である『水晶殿《すいしょうでん》』に向かう。

少しの緊張とともに中へ入ったが、想像以上に静かだった。

だが意外にもどこも綺麗《きれい》に清掃されており、ぴかぴか。気落ちしている人間ならばこの辺りが疎《おろそ》かになるのに、と皓月は意外に思う。

そんな気持ちを抱えたまま、皓月は普段から使っている女官専用の仕事部屋に入る。だが、誰もいない。

それを不思議に思い宦官専用の仕事部屋にも足を運んだが、無人だった。試しに優蘭の執務室や資料室、客間にまで向かったが、誰もいない。

もしかして、仕事に出てきていないのでしょうか……。

そこまで塞《ふさ》ぎ込んでいるのであれば、かなり心配だった。だがそこまでいってしまったのであれば、玄曽も皓月に伝えてきただろう。だから、職場にはきているはず。

そう思ったが、まだ見ていないのは水晶殿でも一番広い部屋だけだった。会議室として使っている部屋だが、使うとしたら全員で集まるときだ。なので可能性は一番低いはずなのだが。

だがそこしか考えられる場所がなく、皓月は訝《いぶか》しがりながらも会議室の扉を開く。

皓月は言葉を失った。

そこには健美省勤めの面々だけでなく、妃嬪たちや内司の女官長たちまでもが揃《そろ》っていたのだ――

ぽかん、と目を丸くしたまま入り口で立ち尽くす皓月の存在に一番初めに気づいたのは、健美省女官の李梅香《りばいこう》だった。

梅香は皓月――彼女にとっては蕭麗月――の存在に気づくと、目を丸くして持っていた資料をばさりと卓上に置いた。そしてずんずんと大股で皓月のほうに歩いてくる。

その表情に鬼気迫るものを感じ、皓月は思わず一歩下がる。しかしそれよりも深く踏み込まれ、皓月はがっしりと腕を摑《つか》まれた。

一体全体何をされるのか。

嫌な想像をしてしまい身構えた皓月だったが、続く言葉は予想外なものだった。

「お帰りなさい、麗月！　よくぞ帰ってきたわ！」

「は、はいっ⁉」

「早速で悪いけど、仕事を手伝って！　早く！」

「え、ええっと……っ？」

何がなんだか分からないままぐいぐい引っ張られて部屋の中に入れば、麗月の姿を認めた五彩宦官や皇帝派宦官たち、また四夫人の面々までもが「お帰りなさい」「疑いが晴れて良かった」等々の温かい言葉をかけてくれる。

それはとてもありがたいしほっとしたのだが、この状況は一体。

再会の喜びに浸る間もなく、梅香が声を張り上げる。

「帰ってきて早々だけど、今健美省が危機的状況なのよ！」

「あ、えっとその、ご説明を頂けたらと……」

「長官が！　賢妃《けんひ》様毒殺を手引きしたということで捕まってるのよ！」

それはよく知っている。なので皓月が聞きたいのは、何がどうしてこのような状況になっているか、ということだ。

しかし、焦っているのかいまいち要領を得ない話しかしてくれない梅香の代わりに、そばにいた内儀司《ないぎし》女官長・姜桂英《きょうけいえい》が話をしてくれる。

「珀長官に嫌疑がかけられた際、皆様が大変お怒りになられまして。疑いを晴らすべく、一丸となって動いたのです」

——桂英曰《いわ》く。

皇帝派宦官たちから優蘭が賢妃毒殺未遂で、調査が終わるまで拘束されると聞かされた健美省の面々は怒り狂いながらも、臨機応変に対応をしたらしい。

まず、賢妃・史明貴《しめいき》への確認や心身の健康状態確認。その次に、そろそろ臨月を迎えそうな貴妃《きひ》・姚紫薔《ようししょう》への健康状態確認。また妃嬪らにも事情を説明して回ったそうだ。

その後、内食司《ないしょくし》女官長・宝可馨《ほうかきょう》や桂英にも事情を説明してから疑惑を晴らす手伝いをしてもらえるよう説得したと言う。

結果、女官長や四夫人たちは皆快く優蘭の疑いを晴らすために動いてくれることになり、健美省の会議室を使って情報収集をしている——というわけだった。

紫薔は身重なためにこの場へ来ることはできないが、自身の伝《つて》を最大限に活用して動いてくれているようだ。

また皓月がお願いした范燕珠に関する冊子もしっかり確保済みで、刑部《けいぶ》に持っていかれることがないように仕事が終わった後は毎回静華《じょうか》に預けているそうだ。確かに敵対派閥の人間に預かっていてもらえば、絶対に疑われることはないだろう。その辺りの判断力にまで感服する。

少し前まで雛鳥《ひなどり》のようなものだったのに、優蘭がいなくなってもここまで動けるとは思ってもみなかった。皓月は心の底から驚き、何も言えなくなる。

何より驚いたのは、協力者として徳妃・郭静華を連れ出してきたことだった。

どのようにして説得したのかと梅香に問えば、彼女はなんてことはないという顔をして「長官、以前徳妃様と決闘をして、勝ったでしょ？　そのときに残っていた『なんでも言うことをきかせられる権利』を行使したまでよ」とさらりと言う。

そのときのことを覚えていたことにも驚いたが、梅香自身が判断をして交渉したことにもいたく驚いた。確かに出会った当初からハキハキした少女だったが、重たい責任がかかってくる場面でそのような判断ができるなど、思ってもみなかったからだ。

皓月は何も言わなかったが、表情を見て察したのだろう。梅香は怪訝《けげん》な顔をしつつも口を開く。

「わたしだって驚いたし狼狽《うろた》えたわ。でも同時に思ったのよ。こういうとき、もし長官とあんたがこの場にいたらなんて言うかって。そう考えたら、不思議と頭が冴《さ》えてやることが思い浮かんだの」

「……優蘭様とわたしがいたら、ですか？」

「ええそうよ。今までずっとその背中を見てきたんだもの。それくらい、少し考えたら分かる。……それに」

一つ間を空けてから、梅香は言う。

「長官は、『健美省は後宮に住まうすべての女性の味方』だと言ったわ。そしてその目標に近づけられるように、何がなんでも努力をすることが大切だと言った。……その部署の女官であるわたしが、長官の掲げた目標を破っていつまでもくよくよなんて、してらんないわ。そしてそれは、宦官たちも同じよ」

健美省に勤める五人の宦官たちが、深く頷《うなず》く。

皓月は思わず、言葉を失った。

優蘭が掲げた目標を、梅香だけでなく宦官たちまでもが覚えている。しっかりと根を張って芽吹いている。

それはつまり、優蘭の行なったことは決して、無駄でも無謀でもなかったということだ。そして今こうして、派閥争いなど関係なく、後宮にいる最上位の妃嬪たち、女官長たちまでもが協力をしてくれている。その中には静華のように「借りがあったから」というのもあるだろう。それ以外の思惑もあるだろう。

だがこうして一堂に会し、優蘭を助けるために動いてくれた。そのことは、今まで妃嬪たちがいがみ合ってばかりいた後宮という場にとっての快挙だった。

唇を噛み締めた皓月は、梅香の目を見つめるとそっと口を開く。

「今どの辺りまで調査が進んでいるのか、わたしに教えてください」

「分かったわ。とりあえず、現状を把握するにはこの資料を見て」

「はい」

梅香から資料を受け取りながら、皓月は思う。

優蘭。あなたがやってきたことは、決して無駄ではありませんでしたよ。

今の後宮の姿を優蘭にこそ見せたいと切に思う。同時に、皓月のやる気がぐんぐん湧いてきた。

そのため普段より息巻いて資料を読み進めていると、梅香が言いにくそうな顔をする。それに目ざとく気付いた皓月は、不思議そうな顔をして梅香を見た。するとすぐに観念した梅香が、口をもごもごさせながら言う。

「……ちょっと気になっていることがあって、麗月に相談したいのだけれど……」

「どうしたのですか？」

「……今回、長官の冤罪《えんざい》を晴らすための呼びかけに、応じてくれなかった人たちがいるのよ」

「誰ですか？」

「……皇帝派宦官の長、夏様と、内官司《ないかんし》女官長様よ。しかも内官司女官長様は……宦官長様と一緒にいるところを目撃されてるの」

「……え？」

ひゅう。

皓月の喉《のど》が、嫌な音を立てた。

内官司女官長・張雀曦《ちょうじゃくぎ》。

皇帝派宦官《かんがん》の長・夏玄曽。

この二人の非協力は正直言って、皓月からしてみたら予想外だった。

皓月がはめられていたときに、脅されていたという理由こそあれ口裏合わせをした雀曦だけならともかく、玄曽が非常事態に優蘭のことを切り捨てるような人間だとは思ってもみなかったのだ。

それは、皓月が彼の人となりを少なからず知っているということもあるだろう。皓月が女装をして潜入をするようになった頃から協力してくれていたのだから、この場にいないことのほうが不思議だ。

そう思い、その場にいた皇帝派宦官たちに話を聞きに行ってみたが、収穫はない。むしろ彼らとしても、玄曽がここにいないことに驚いているようだ。今どこにいるかも分かっていないようで、仕事を同派閥の宦官たちに託して姿を消してしまったらしい。

それを聞いた皓月は、玄曽の動きを把握するべく彼の動向を確認することにした。

まず……わたしと話をしたのは、五日前です。

慶木が優蘭から事情説明を受けた日の翌日、皓月は玄曽を通して梅香たちに現状を伝えたのだ。なのでその日まで彼は間違いなく、皓月たちの味方だった。

そして、梅香が玄曽に協力を要請したのは、その日から二日後。三日前のことだ。

その日、玄曽は「わたくしめは協力できませんが、他の皇帝派宦官たちは協力してくれるはずです。わたくしのほうから伝えておきましょう」と言って梅香の依頼を丁寧に断ったと言う。

つまり、完全に行方が摑《つか》めなくなったのは二日前からだ。

皓月が分かる限り方々を回ってみたが、やはり姿は見受けられない。あまり大々的に捜索をしても、宦官長たちに訝しがられるだけだろう。

しかも、色々あり時刻はもう夕方。冬は日が暮れるのが早いので、帰宅時間も早いのだ。皓月もそろそろここを出て、帰路に着かなければならない。

そう思い、今日はもう諦《あきら》めようとしたとき、皓月は気晴らしに范燕珠のことが書かれた冊子を読んで目を見開いた。

この文字……夏様のものでは？

分からないようにできる限り止めやはね、書き癖というのが出ないよう崩してはあるが、部分部分ごとに見ると玄曽が書いたものだと分かる。彼の字は全体的に細身で、はねるときに流れるようにそのまま筆を上に流すのだ。その癖がある。

特に皓月は、他者の書状を確認する機会も多くまた公言はしていないが劉亮の代わりに彼の字を真似《まね》て書類を書いたりもする。なので、字の書き方や癖というものを他人よりも知っているほうだった。

なのでこの冊子を書いたのは間違いなく、玄曽だと結論付ける。

そして優蘭は、范燕珠の件でとても重要なことを以前話してくれた。それは。

……張雀曦が、范燕珠の実の妹だということです。

そして雀曦は浩然《こうねん》の元へ通う機会が多いらしいが、おおむねいつも通りに内官司で仕事をしているらしい。つまり、玄曽よりも動向が摑みやすいのだ。

もしこれを書いたのが本当に玄曽ならば、きっと。

そう思った皓月は、しばらく後宮に泊まり込み、雀曦のことを徹夜で監視する覚悟を決めた。

＊

雀曦が動いたのは、それから二日後の早朝。まだ日ののぼらぬうちに、宿舎から出てどこかへ向かっていく姿を確認した。

予想よりもずっと早い行動に驚きつつも、皓月は彼女の背後を気づかれない程度の距離を保ちながら追う。訓練もしていない女性をばれないように追うことは、さして難しいことではなかった。

そんな雀曦が何かを手に向かったのは、なんと紫苑宮《しおんきゅう》。皇帝派宦官たちが普段職場として利用している宮殿と隣接する、皇后となる女性のための宮殿だった。

雀曦は裏口へ回り、終始辺りを気にしながら鍵《かぎ》を開けようとしている。

紫苑宮の鍵は、誰しもが持っているものではない。皓月が考えつく限りだと、玄曽だ。つまり玄曽がここにいる可能性が、極めて高いということだ。そのことに少なからず安堵《あんど》する。

雀曦が鍵を開ける手つきは、なんとも言えず危うい。裏口の鍵を開けるのにも、こうして隠れるようにして出かけるのにも慣れていないのがありありと分かった。

それを確認した皓月は、どうしたものかと悩む。

このまま彼女が中へ入っていくのを見ているのもありですが……そうしたら、中のどこに夏氏が潜んでいるのか分かりませんね。

が、ここでただ機会を窺《うかが》っているよりも、雀曦に直接問いかけたほうが良《い》いと思い音もなく背後から忍び寄った。

「……もし」

「っっっ!?」

雀曦が体を大きく震わせ、振り返る。しかし皓月の姿を確認すると、少しだけ肩の力を抜いた。

「蕭《しょう》、麗月様でしたか……」

「はい、内官司女官長様。……驚かれないのですね」

「……あなたならばきっと自分の存在に気付くだろうと、玄曽様が仰《おっしゃ》っていましたので……そしてその件でわたしのところにいらっしゃるだろうとも、仰っていました」

「……つまりそれは」

「……はい」

そう言ったところで、丁度よく雀曦が紫苑宮の鍵を開ける。彼女は荷物を持ち直すと、「どうぞ、お入りください」と言って中へと皓月を招き入れる。

玄曽がいたのは、紫苑宮の寝室に当たる場所、その隠し部屋だった。

どうやら何かあったときはそこに隠れたり、また先へと繋《つな》がる隠し通路を使って外に出たりすることができるらしい。後宮内で唯一、紫苑宮だけが建て替えられず同じままなのは、こういった建築的問題もあったようだ。

そんな場所を知っているのも、玄曽がそれだけ古くから、皇族との距離が近い人間だということだ。そのことが余計、皓月の胸に寂寥《せきりょう》感を残していく。

五日ぶりに顔を合わせた夏玄曽の姿は、以前となんら変わらず仙人のように静かで厳かだった。

「改めまして、蕭麗月様。嫌疑が無事に晴れましたこと、心よりお祝い申し上げます」

玄曽は、麗月が皓月であることを知っている。それなのにこういった口上を言っているのは、事情を知らない雀曦がいるからだろう。

それが分かっていても、今はその気遣いすらわずらわしく皓月は眉《まゆ》をひそめる。

「そんなことは、どうでもいいです。……夏様、時間がありませんから単刀直入にお伺いします。——何故《なぜ》、このようなことをなさっているのですか」

優蘭救出を拒否しただけではない、何故本来の職務である宦官の仕事さえ投げ打って、このようなところで身を隠しているのか。皓月はそう言いたかった。

しかし玄曽は声もなく微笑《ほほえ》むと、そっと首を横に振る。

「これは、わたくしめの最期のわがままなのですよ、麗月様」

「……わがまま、ですか？」

「はい。むしろこれを成すためだけに、わたくしは後宮勤めを希望しました」

「……それはもしかしなくとも」

「はい。聡《さと》い麗月様ならばお分かりでしょう。范燕珠に対する、弔いです。——復讐《ふくしゅう》です」

皓月は思わず眉を八の字にした。そして懐から朱色の冊子を取り出す。

「……それではやはりこちらを作成したのは……あなたでしたか」

「はい。……つかぬことをお伺いしますが、どの点でお気づきに？」

「字体が、あなたのものでした。隠そうとしてはいましたが、それくらいは気づきます」

「……そうでしたか。さすが、目ざとくていらっしゃる」

そう言う玄曽を尻目《しりめ》に、皓月は雀曦を見た。そして首を傾《かし》げる。

「内官司女官長様も、ご令姉様のために？」

「……いえ、そんな綺麗《きれい》なものではありません。わたしはただ、姉が何をしたのか知りたいのです」

「……そのために、内官司女官長様は範宦官長に近づいて機会を窺っていると。そう解釈してよろしいですか？」

「……はい」

そう言ってから、雀曦はもっていた包みを開けて玄曽に手渡す。入っていたのは饅頭《まんじゅう》や着替えといった生活用品だった。玄曽がここに隠れることになってから届けているのだろう。唯一の協力者でもある彼女がそれをするのは、確かに当然だった。

そんな二人を交互に見返し、皓月は頭を抱える。

「……倒したい相手は、我々も同じです。範宦官長、彼が諸悪の根源ですから」

「その証拠は、おありですか」

珍しいくらいぴしゃりとした物言いで玄曽に言い切られ、皓月は目を見開いた。

しかしそれを取り繕うだけの余裕もないのだろう、玄曽は苦々しい顔をしてから、絞り出すように言う。

「わたくしは今日までずっと、あの男のことを見てきました。しかし隙など全く見せず、いつだって蜥蜴《とかげ》の尻尾《しっぽ》きり。一度だって自ら行動を起こさず、証拠も残さない！」

「夏様……」

「わたくしは悟ったのです。あの男に、正義では太刀打ちできない、と。……今回とてどうせ、証拠など出てはいないのでしょう？」

そう言われ、皓月は言葉を詰まらせる。

……確かに、範宦官長が関与していたという決定的な証拠は、残っていません。

今のところあるのは、雨航が関与しているということ。そしてその物的証拠としてお守りと、皇族の後見人であるという証拠が出てきているだけだ。

これだけだと、また浩然を取り逃がしてしまう可能性が極めて高い。そうは思っているが、かと言ってそれ以外の方法で浩然を追い詰める方法があるかといわれると、残念なことに皓月では思い浮かばない。

皓月は言葉を探しながら、なんとか口を開いた。

「なら……夏様は一体どのような方法で範宦官長に復讐するというのですか」

「……あの男が持っているとされる、契約書を捜します」

「……契約書、ですか？」

「はい。燕珠は死ぬ間際に、その契約書を範浩然から盗み出したのです。そしてわたくしにその契約書の存在を知らせてくれました。詳しい内容は話してはくれませんでしたが……とある高官と交わしたものだったようです、確たる証拠になるものだったようですよ」

それを聞いて、皓月は息を飲んだ。

それはもしかしなくとも、柳尚書と交わした契約書なのでは!?

雨航の性格を鑑《かんが》みるに、必要に駆られて浩然と契約したとしても、何かしらの契約書は作成しそうだと思った。そしてそれが見つかれば、今回の件など比ではないくらいの真相が明らかになる。

「なら、それはどこに」

「……分かりません。ただ、燕珠の手から範宦官長の手に戻ったことは確かです。あの子はあの日……井戸に落ちたあの日、あそこであれを盾に、範宦官長を脅すつもりだったようですから。一人で行くのはよしなさいと何度も言ったのですが、わたくしを巻き込みたくなかったのか全く聞かず……そして、死んでしまいました」

その口調から、燕珠が玄曽にとって親しみ深い人だったということは容易に想像できた。

まるで娘や孫のことを話すときのような、優しい表情をしていたからだ。

しかしそれを瞬時に消し去ると、玄曽は目を閉じながら言う。

「ですので、わたくしたちは全てを投げ打ち契約書を捜しています。雀曦様が範宦官長に取り入ったのも、内部の事情を把握するためなのですよ」

そう言われ、雀曦が頷《うなず》く。

「はい。ですが少なくとも、仕事場にはないかと……金銭を渡して協力してくれた宦官の話によると、範宦官長の執務室は人の出入りが激しい上に物の移動も多いそうなので、何かを隠すのには向いていないようです」

「そうですか……」

「はい。ですがそこまで分かれば、こちらのものですよ、麗月様」

玄曽はそんなわけの分からないことを言う。しかし長い付き合いだからか、今までの会話で皓月は玄曽が一体何をしようとしているのか、分かってしまった。

「もしや夏様は……範宦官長の自宅に、忍び込もうとしていませんか……?」

もしそうならば、今こうして潜伏している理由も宦官としての仕事を放棄している理由も理解できる。自身の年齢や身体能力などを加味した上で、それ相応の準備期間が必要だと考えたからだ。

——今まで築いてきたもの全てを投げ打ったとしても玄曽はその契約書を捜し出し、範浩然を裁きたいのだ。

それがたとえ、犯罪行為の末に手に入れた代物だったとしても。

皓月が全てを理解したことを感じ取ったらしい玄曽は、笑いながら言う。

「というわけです、麗月様。辞職願はもうしたためてありますから、もしわたくしめに何かありましたらそれを使って切り捨ててくださいませ」

「夏様……」

「今までの下調べもあり、範宦官長が不在の機会は心得ております。年終わりの三日前から自宅を不在にしますから、その時期が狙い目なのです」

玄曽はそう興奮した様子で言う。他にも準備があるからこの潜伏期間が必要だった、などと言っていたが、皓月の頭にはちっとも入らなかった。

浩然が不在にすると言っても、屋敷《やしき》には使用人がいる。さすがに彼らの行動経路等《など》の調査はできていないだろうし、初心者が他人の屋敷に忍び込むというのは危険性のほうが高い。

しかも忍び込むだけではなく、どこにあるのか分からない契約書を捜すというのが本来の目的だ。成功する確率はほとんど見受けられない。正直言って、無謀という他なかった。

皓月にすら分かることが、目の前の老宦官に分からないはずもない。

つまり玄曽の行動は、自身の復讐心を満たすためだけのものということだ。

いついかなるときも、理性的な方だったのに……。

そんな衝撃が拭《ぬぐ》えない。

呆然《ぼうぜん》とする皓月を置き去りにして、玄曽はなおも言う。

「そしてわたくしの目から見ても、範宦官長は焦っている。そういうときにこそ、隙ができやすいものです。また珀長官の件もあり、皆の視線が珀長官と毒殺未遂事件に向いています。そして協力者である雀曦様もいる。……またとない、絶好の機会なのですよ、麗月様」

なので、邪魔をしないでください。

そうはっきりと拒絶を口にされ、皓月はたじろいだ。玄曽が復讐の鬼に取り憑《つ》かれていることが信じがたかったからだ。それほどまでに、昔から実直で心根の優しい人だった。

だが同時にその気持ちが痛いくらいよく分かって、胸が苦しくなる。

わたしも……優蘭があの男のせいで亡くなってしまったら、そのときは冷静でいられる自信がありません……。

愛とはこのように人を変えてしまうことがあるのだと、実感した瞬間だった。

だが、それでも思ってしまう。

丁那のことを。

「……今回優蘭様に疑いの目がいくように仕向けたのは、陶丁那です。彼女も、范燕珠と同じように砒素《ひそ》毒を服用させられ続け自覚のないままに暗殺者に仕立てられました。夏様も、そのことはご存じでしょう……？　加害者に見せかけた被害者が、また出てしまいます」

「……………」

「そして、その契約書が見つかったとしても、陶丁那が実行しようとしたことは極刑に繋《つな》がる大罪です。そんな彼女を説得して、発言を撤回させることができるのは……夏様だけなのではないのですか……？」

そう絞り出すように言ったが、皓月の声は玄曽には届かない。ただ虚《むな》しく、すり抜けていくだけだ。

優蘭だったら、もっと粘ったのでしょうか……。わたしが考えていることを、もっと上手に伝えられたのでしょう、か……。

上手《うま》く回らない頭でそう考えてはみたが、答えは出ない。

後ろ髪を引かれるような思いをしつつも、皓月は一度だけ礼をしてその場を後にする。

そんな皓月を追って出てきたのは、雀曦だった。彼女は紫苑宮の廊下で皓月を引き留めてくる。

「あの、麗月様」

「……どうかなさいましたか？　内官司女官長様」

「いえ……その。あのお方を、あまり責めないでいただけたら、と思います」

「……どうしてでしょう？」

「……あのお方がこのような復讐方法を選んだのは、わたしが姉のことを知りたがったからなのです」

そう言う顔には、なんとも言えない感情が滲《にじ》んでいる。

「本当はどなたも巻き込みたくなかったのに、玄曽様はわたしが燕珠の妹だからという理由で懇意にしてくださって。そして今回、あのような作戦を考えてくださいました。すべては、わたしのためです。……わたしが、捨て身でもいいから範浩然に一矢報いたいと言ったからなのです……」

そういう雀曦の声はどんどん弱くなっていって、現状をどのようにしたらいいのか分かっていないようだった。

巻き込みたくないけれど、復讐はしたい。

でもそのためには、自分一人の力ではできない。

だから。だから……。

そんな雀曦の声が、滲んでくるようだった。

彼女たちは、あの事件以降時が止まってしまったのだろうと、皓月は思う。自分の中の時間を進めるためには燕珠の一件を暴く必要があって。だから今こうしてもがいているのだというような気がした。

そして、同時に思う。

……優蘭の一件が失敗に終われば、わたしの時間も止まってしまうのでしょうか。

それが恐ろしくて、どうしようもなく悲しくて。皓月は急《せ》かされるように首を横に振る。

「……いえ、いいのです。ただ……それを止められるだけの策も弁舌もない自分が、情けないだけですよ。内官司女官長様」

それだけ言い残し。

皓月は逃げるようにして紫苑宮を後にしたのだった――

＊

「ただいま戻りました……」

疲れた声と共に皓月が久方ぶりに屋敷に戻ったのは、早朝だった。他の官吏たちにとっての出勤時間に帰宅だ。日がのぼり始めた頃に帰ったことは何度かあるが、やはり何度やっても違和感がある。

本当はこのまま仕事でもしようと思ったのだが、劉亮に「さすがに帰って寝ろ」と命令されてしまった。そんなにひどい顔をしていたでしょうか、と皓月は馬車に揺られながら思う。

皓月が馬車で帰宅しようとしたときから、雪がまた降り積もっている。息を吸えば肺すら凍りつくほどの、冬本番の寒さだった。

この時間なのでさすがの璃美《りび》も寝ており、出迎えてくれた湘雲《しょううん》と数言話して終わる。普段ならば「仕事のしすぎ」だと苦言を呈されるが、今日はそういうのもなかった。湘雲もおそらく、皓月の心境を痛いほど理解しているからだろう。

帰ってきた皓月は食事もそこそこに、風呂に入ってから寝台に倒れ込む。

皓月が倒れ込んだ寝台は、優蘭と共同で使うようになったものだ。それも、二人で寝たのは二回きりでそのどちらも色々あり夫婦らしい形で寝たとは言えない。

しかし広いばかりでぽっかりと空いた寝台はどこか物悲しく、急に寂寥《せきりょう》感が込み上げてきた。

火鉢で部屋自体を暖めていたとは言え、やはり今日はよく冷える。おそらく寒さに引っ張られて、心までもが弱っているのだろう。

特にここ数日は残業続きで、ろくに睡眠も取れていなかった。体の疲れも溜《た》まっている。

その上、玄曽と雀曦とのやり取りが、想像以上に心の臓を貫いたらしい。優蘭の存在がより皓月の中で鮮明になり、今そばにいないということがより強く感じられた。

毛布に身を包みながら、皓月はふう、と息を吐く。そして彼にしては珍しく声に出して、自分を宥《なだ》めた。

「大丈夫です。優蘭は絶対に、大丈夫」

あとは皓月自身の采配《さいはい》ですべて決まる。だから、頑張らなければならないのは自分だった。そのためには、休息が重要となる。ここ数日の疲れをいち早く癒《いや》すべく、早く眠らなくては。

そう思い目を瞑《つぶ》っていたが、不思議と頭が冴《さ》えていて全然眠くならない。むしろ眠らなくては、と焦れば焦るほど不安が胸いっぱいに広がって、気が滅入《めい》った。

皓月はのろのろ起き上がると、毛布で体を包んだまま床の上で膝《ひざ》を抱えて座る。

そしてつらつらと、これからのことを口にした。少し気が紛れるかと思ったからだ。

「明日は朝起きて、主上の元へ向かってから後宮へ。そして後宮での証拠集め、ですね……」

現状、後宮では陶丁那が優蘭の他に接触していたであろう人物について調査を進めているらしい。梅香がありとあらゆる伝《つて》を頼り、目撃情報を集めてくれたのだ。

人海戦術を駆使して数日がかりで調査をした結果、丁那が良くいた場所は書庫の休憩室だったことが分かったそうだ。

優蘭も可馨との情報交換のために何度も行っていたため、この情報は逆に不利だった。

また、宦官もよく利用しているため、宦官長本人が丁那に何かを渡す必要性は薄い。つまり、宦官長に繋がる証拠にはなり得なかった。

肝心の実行犯である丁那は、自分のことをあまり話したがらない質《たち》だったようで、主人である明貴も、そんな明貴の侍女頭も心を開いてくれるように話しかけている最中だったようだ。

丁那自身と話すことはできない。皓月にはその権利が与えられていないからだ。ただ話そうと思えば、裏技を使って一度くらいはいけるだろう。

問題は、その一度きりの機会をどの状況下で使うかだ。

使うならば……ある程度証拠集めが終わってからです。

宦官長がどのようにして丁那と接触をし、命令をしていたのか。それが知りたい。

そして宦官長を切り崩すためには、戸部尚書《こぶしょうしょ》・柳雨航から切り崩すのが最善策だということは知っていた。

皓月は思わずため息を吐く。

「もう一人、わたしが欲しいですね……」

そのときふと、優蘭のことを思い出す。

優蘭も、自分の無力さを嘆いて中庭の廊下に座り込んでいましたね。

同時に、優蘭の気持ちが痛いほどよく分かってぎゅっと手を握り締める。

確かにこうして冷えた床の上で素足のまま座り込んでいると、胸の痛みが少しだけ和らぐ気がした。

まるで、自分を痛めつけているようだ。きっと事実そうなのだろう。無力さを嘆くということはそういうことだ。

顔を膝の間に埋め、体を縮こめる。

現実のままならなさに嘆き、再度ため息を吐き出したときだった。

「──もう一人、いるじゃない」

声が、した。

ここにいるはずがない声だった。

会いたかったけれど、もう二度と会いたくなかった、声だった。

予想もしていない訪問者に、頭が一瞬真っ白になる。

思わず顔をあげようとしたが、寝台が軋《きし》む音がして逆に躊躇《ためら》う。

直《す》ぐとなりに、よく知った人物が座っている。

心臓がバクバクと大きな音を立てて鳴っているのが、よく分かった。

声が頭上から降ってくる。

「言ってくれればいくらでも手伝ったのに。どうして言ってくれないの？　皓月」

皓月はゆっくりと顔をあげた。

心底不思議そうな声音で告げてくる存在は、皓月と瓜二つの顔をして首を傾《かし》げている。

見た目も雰囲気も身長も同じ。強いて違いを挙げるとしたら、黒子《ほくろ》の位置が左右対称なことくらいだろう。

皓月は、恐る恐る口を開く。

「……麗月。どうして、ここに」

「どうして？　わたしの大切な皓月が愛した、大切な人の危機だもの。力になりたいって思うことは、別に不思議でもなんでもないでしょう？」

そう言って。

蕭麗月は。

皓月の双子の妹は、美しく艶《あで》やかに笑ってみせたのだった――

第四章　寵臣夫婦、互いの影を追う

珀優蘭《はくゆうらん》の命運が決まるまで、残り二十一日。

さらに付け加えるのであれば、年越しまであと六日となっていた。

この時期になれば都・陵苑《りょうえん》であれど雪が降り積もり、あちこちで年末年始のための買い物や掃除を進める人たちが忙《せわ》しなく動いている。食糧庫をいっぱいにしておかなければ、この時期を半月ばかり過ごすことができないからだ。

一方で商店のほうは、最後の書き入れ時ということで店の在庫を全て空っぽにして年を越そうと躍起になり、店の前で声を張り上げている店員が多く見受けられる。

冬の骨まで沁《し》み入るような寒さと、人々の年末最後の活気。

それは黎暉大国《れいきたいこく》の人々にとっての、当たり前の日常だった。

だが優蘭はそんな中でも、特に何もすることなく与えられた部屋に引きこもっていた。

引きこもっていた、というよりかは、何もすることがなく引きこもらざるを得ない状況に陥っていたというべきだろう。

というのも、ここは郭家《かく》の屋敷《やしき》。建前だけとは言え、一応は軟禁されているていだった。そうなれば、庭に出ることすらままならない。逃亡の恐れありと判断されるからだ。外を眺めていることも難しいだろう。

そして何より、郭家の人間が優蘭を客人として扱ってくれているのが、彼女が引きこもり生活を続けている理由である。

そう。とにかく、周囲は丁重に扱ってくれるのだ。せめて何か掃除でも、と仕事中毒の優蘭が聞いてみたが、屋敷の使用人たちは「客人にそんなことはさせられません」と首を縦には振らなかった。

というわけで、軟禁と呼ぶには快適な暮らしを続けて早九日。優蘭は暇を持て余し、几《つくえ》の上で突っ伏していたのだった。

「あーーーやることがないーーー……」

現状を口に出して言ってみたが答えてくれる人はもちろんおらず、むしろ虚《むな》しくなるだけだった。

ここが後宮なら、梅香《ばいこう》が「しっかりしてください、長官」って言ってくれるし、皓月《こうげつ》がいたら「どうかしましたか？」って心配してくれるのにね。

そんなことを考えてから、優蘭はハッとして首を横に振る。

たった九日仕事から離れただけで職場や自宅が恋しくなっていては、これから先どうなるのだろう。面と向かって喧嘩《けんか》を売ってきた相手に対してはそつなくこなせるのに、一人で何もしていない時間が続いただけでこれとは。

自分のこらえ性のなさに思わず呆《あき》れてしまう。しかし何より気になるのは自分のこれからの処遇よりも、皓月のことだった。

もちろん自分自身の処遇は気になるし、冤罪《えんざい》で人生をふいにされるのは我慢ならないが、そのことで皓月が奔走していると思うと安心する。そしてそう思えるだけの関係が自分たちの間にあることを喜ぶ以上に、絶対に無茶苦茶をしていると分かるだけに、彼の心身が本当に心配だった。

そして優蘭自身がどうにかできる問題ではないどころか、むしろ下手に手を出せばさらに立場を悪くしてしまうことになるのが、本当に苦しい。

私物も念入りに確認され、衣類のみの持ち込みを許された。書物に関しては全て証拠品として扱われ、許可すら下りなかった。

そうなると、今まで集めてきた証拠やそれ以外の後宮資料系も確認できない。頭にあるだけの知識では、限界があった。

優蘭は今、ひたすらに無力だった。

何があっても自ら道を切り開いてきた彼女にとって、それはもっとも堪え難い苦痛だった。

なので今こうして、几の上に突っ伏して悶《もだ》えているわけだ。

しかしそうしていたとしても、問題が解決するわけがない。優蘭一人がぐるぐる考え込み自己嫌悪に陥ったところで何にもならないし、生産性もない。つまり無駄だった。

それなのに人という生き物は面白いもので、持て余すほどの時間があるとついいらないことを考えてしまう。優蘭がいつも考えてしまうのは、皓月のことばかりだった。

虚しいような、苦しいような、僅《わず》かな痛みを帯びたそれは日を重ねるごとにじわじわと広がっていくような気がする。

だからなのか、優蘭もつい身を縮めて自身の体を抱き締め、そのまま痛みを堪《こら》えるように丸まっていたいような心地になった。つい指輪を撫《な》でてしまうのも、もどかしい思いを和らげるための癖のようなものだ。

そんなこと、ただの現実逃避だと言うのに。

優蘭は一つため息をこぼしてから立ち上がった。そして肩掛けをたぐり寄せ、それを羽織ってから扉を開ける。

慣れた足取りで外に出た優蘭は、人目を気にしつつ内廊下を伝って本邸のとなりにある離れへと向かった。

離れと本邸は渡り廊下で繫《つな》がっており、屋根がかかっている。なので雪が降り積もる中でも、安心して離れへいけた。

だが外気に直接触れるため、ひどく寒い。優蘭は肩掛けを掻《か》き抱《いだ》きながら、できる限り素早く渡り廊下を渡った。

音を立てないように気を配りながら離れの扉を開けてそっと背を向けたまま閉めると、普通の離れとは違う光景が目に入る。

そこは離れというより、道場と呼ぶにふさわしい空間だった。事実ここは道場で、郭夫婦が共同で使っているものらしい。だが大抵のときに慶木《けいぼく》はいないので、ほぼほぼ紅儷《こうれい》専用の訓練所となっているらしい。

広く大きな部屋が一つだけあり、全て板張りになっていてつやつやした茶色い床面を覗《のぞ》かせている。端には木刀や木剣、刃を潰《つぶ》した模造刀、模造剣、模造槍《やり》……などなど。とにかく、訓練用の武器がずらりと並んでいる。

四隅に暖房用の火鉢が申し訳程度に置かれているが、それがあってもかなり冷えが伝わってくる。

その中心部で一人、二振りの模造柳葉刀を持ち流れるような美しい動作で型稽古《けいこ》をしている女性がいる。

郭慶木の妻、紅儷だった。

普段の女性らしい装いではなく、動きやすいよう男装をした紅儷は、美しくも凛々《りり》しい。研ぎ澄まされた刃のような美しさと、柳のようなしなやかさが感じられる無駄のない動きをしていた。

彼女は一括《くく》りにした美しい赤毛を馬の尻尾《しっぽ》のように靡《なび》かせながら、身をしなやかに躍らせる。右手で横薙《な》ぎに、左手は十文字を描くように交差をさせて振り上げ、くるりと回転。そのまま後ろ回し蹴《げ》りをする。

かと思えば振り上げていた足を床につけた瞬間、逆の足を振り上げて後方転回。しかも手をつくことなくやってのけた。柔らかい体とそれ相応の筋力がなければできない芸当だ。汗を滴らせながらも訓練を続ける紅儷の姿は、本当に美しい。

思わず見入ってしまっていると、そこでようやく紅儷が動きを止めた。どうやら一連の動作が終わり、満足したらしい。

彼女は息をふう、と吐いてから一瞬で呼吸を整えると、優蘭のほうを見た。

「いらっしゃい、優蘭。また精神統一か？」

「え、あ、ああ、そうなの」

「なら、そんなところに立っていないでこちらに座ったらいい」

「あ、ありがとう。失礼します……」

何度見ても素晴らしい紅儷の訓練姿に胸をドギマギさせながらも、優蘭はそそくさと中へ入った。そしていつも通り少し端のほうに備え付けの座布団を置き、座禅を組む。裳《も》でそういうことをするのは正直あまりよろしくないが、女同士ということもあり互いに良い《い》という判断を下していた。

そう。優蘭がこの道場に足を運んだのは、今日が初めてではない。郭家の屋敷でお世話になってから五日目辺りに、仕事もそれ以外のこともやらせてもらえずあまりにもどんよりしていた優蘭を慰める意味を込めて、紅儷が案内してくれたのだ。初めて足を運んだとき、道場の雰囲気があまりにもしんとしていてそれはそれは大層驚いた。

道場というとむさ苦しくてあまり来たいと思えない場所だったのに、ここは逆に頭の芯《しん》が醒《さ》めるような、そんな心地にさせられる空気があったのだ。

ここを使う主人たちの影響だろうか。

紅儷がほぼ毎日使っている道場は、厳かでありながらも磨き上げられた水晶のように澄んでいて、不思議と落ち着く。雪が降っていることもあり道場内も冷え込んではいるが、そうでなくてもここは静かで美しく、それでいて心地《ここち》好い場所だった。

それもあり、優蘭は自己嫌悪に陥りぐるぐると考え始めるたびにお世話になっている。

案内されてから三日間で、ここにいる時間はかなりあるのではないだろうか。

それでも、紅儷の訓練とかぶることは珍しく今回初めて彼女の訓練を目の当たりにしたのだった。

だから思わず見惚《みほ》れてしまったのだけれど……本当に美しい方だわ。

汗を手拭《てぬぐ》いで拭う紅儷のことをちろりと一瞥《いちべつ》しながら、優蘭はあらためて実感する。あの慶木がかたなしになるのも仕方がない、と。

それくらい、紅儷は美しい。武術をやっているかなのか、まず姿勢が美しかった。何があってもブレることがなく、芯が通っている。

また滲《にじ》み出る気品なのか、武術をしていても荒々しく見えず、神事を行なっているときのような荘厳さだけがあった。

そんな紅儷が妻になれば、あの慶木とてベタ惚《ぼ》れにもなるなと優蘭は内心考える。

そしてここ数日での紅儷の口振りを見るに、彼女自身も慶木のことを心の底から愛しているのだと感じた。慶木のことを話すときは呆れながらも嬉《うれ》しそうだし、時折帰ってくる夫に文句を言いながらも、共にいられる時間を大切にしているように見えたからだ。

そしてそんな紅儷にくどくど叱られながらも、慶木はむしろそれが嬉しいというように説教されている間も少し楽しそうにしている。それが紅儷の怒りをさらに助長させているのだが、結局のところ丸く収まっているようなのでそういうものなのだろう。

郭家へ軟禁、もとい居候をさせてもらってから九日。夫婦の在り方もいろいろだということを改めて考えさせられた。

そこで必ずぶち当たるのは、優蘭と皓月の関係だ。

私と皓月の関係って……どういうものなの？

目を瞑《つぶ》り、もう一人の自分と対話をする気持ちで自分にそう問いかける。

夫婦ではある。指輪という確たる品もある通り、便宜上は間違いなく夫婦だ。

だが皇帝命令による政略結婚により結ばれたからか、そこに想《おも》いというものは存在しなかった。むしろ政略結婚なのだからそれは当たり前だろうと、優蘭としては思う。

しかしそれがだんだんと変わってきていることは、疑いようのない真実だった。

それだけのものを、この数ヶ月で積み上げてきたのだから。

愛だとか恋だとかそういう甘酸っぱいものを通り越して、二人はもう夫婦になっていた。

その関係を崩したくない、だから以前と同じように戻って欲しいと、優蘭は思う。

だがその以前とは一体いつのことなのかと、自分に問いかけてくる自分もいた。

皓月と出会いたての頃だろうか。いや、あのときはぎくしゃくしていたから、戻るならもう少し先だ。皓月を様付けしていたとき、その中でも徳妃《とくひ》と相対した後？　それとも賢《けん》妃《ひ》の問題を解決して呼び捨てにした後？

関係の変化がなんだかんだと激しくて、いつが一番良かったのかなど分からないし言えない。言えることはいつだって皓月のとなりは温かくて優しくて居心地が良い場所だったということだ。

そんな状況下で突如落とされたのが、皓月からの「好き」という言葉だ。

皓月から漂うわずかな酒気の匂い、衣越しに感じた熱、夢見心地だが決して冗談ではない声音――

そのときのことを鮮明に思い出し、優蘭は激しく動揺した。

ああああああ良い感じに忘れていたのにいいい！

皓月のことを考えていたら結局そこへ行き着いてしまうのだから仕方のないことなのだが、離れていればいるほどあのときのことがより浮き彫りになって優蘭の心を乱していく。

瞬間、優蘭の肩にぽんっと何かが当てられた。

パッと目を開けば、目の前に紅儷がいた。

彼女は優蘭の目の前で膝《ひざ》をつき、肩に手を当てている。その顔は心配そうだ。

「優蘭、大丈夫か？」

「え、あ、」

「座禅をしているのに、百面相をしているぞ」

「うっ。そ、そうなの……まったく煩悩を消せてなくて……むしろ、一番消したいはずの煩悩しか出てこなくて苦しんでる……」

「座禅の意味がないな」

「本当にね……」

はあ、と大きくため息をこぼし、優蘭は組んでいた足を崩す。するとその横に紅儷が腰を下ろした。

彼女は礼儀正しく正座をしながら、優蘭を見る。

「もしかして、わたしのせいで悩ませてしまっているか？」

「え？」

「ほら、あなたがここへ来たときに言っただろう？　自分を見つめ直してみるのが良《い》いんじゃないか、と。あなたの葛藤《かっとう》は、そういった類いのものに見える」

「……そうね。そうだと思うわ」

すると紅儷が申し訳なさそうな顔をしたので、優蘭は慌てて首を横に振る。

「紅儷のせいじゃなく！　私自身の問題なの！」

「……本当か？」

「本当よ。むしろこうやって向き合う時間ができたことは、嬉しく思ってる。私はなんだかんだ、仕事にかまけて私生活を疎《おろそ》かにしていたから。……ちょっと時間がありすぎて、色々な感情がくすぶってるけど……」

「……ああ、なるほど。少しずつ向き合えてきたからこそ、夫と会えないことがもどかしいんだな」

「……そう、かしら。向き合えても、いないのかもしれない。同じ考えばかりして、そこから先に進まないし……」

するとふむ、と一つ頷《うなず》いた紅儷が首を傾《かし》げる。

「わたしで良ければ話は聞くが、ここで大丈夫か？　わたしが言うのもあれだが、火鉢は置いていてもここは結構寒いからな。長く話をするのには向いていない」

「あ……確かにそう、なんだけど。でも、ここで話したいの。……大丈夫？」

紅儷は笑みをたたえて頷《うなず》く。優蘭もつられて苦笑のような笑みを浮かべてから、つらつらと頭の中にある言葉を口にした。

「実を言うと私と皓月、少し前に喧嘩《けんか》をして仲直りをしたの」

「ほう。初喧嘩か？」

「ええ」

「結婚してから半年以上経《た》つのに、それはすごいな。わたしなど、慶木とは出会って早々に喧嘩したぞ？」

「えっ」

「ふふ。わたしたちのことはいつも通りなので気にするな」

そう言われたが、気にならないというほうがおかしいように思う。が、紅儷にとっては本当に心の底からどうでもよいことだったようで、さらっと流して話を続けてしまう。

それにたじろぎながらも、優蘭は紅儷の話に耳を傾ける。

「仲が良いほうが良いが、喧嘩は一度はしておくものだ」

「……そういうもの？」

「ああ。なんせ他人だった者同士が、一つ屋根の下で暮らすのだ。衝突が起こらないということのほうがおかしい。……そうか。二人はようやく、夫婦としての一歩を踏み出したのだな」

「夫婦としての、一歩……」

そう言われて、優蘭は改めて自身の現状を顧みた。

私、夫婦としての一歩を歩めてる……？

正直言って、一歩も踏み出せていないと思う。だって。

「……私、皓月と仲直りして初めに思ったことが、『今までと同じ関係が続いてほしい』だった。でも、思ったの。今までと同じじって、いつのことって？」

だって、ほら。新たな関係ではなく、昔と同じ関係を望んでる。

それは決して、一歩とは言えない。優蘭はそう自覚して、ぎゅっと膝を抱えた。膝の間に顔を埋《うず》め、紅儷から顔を背ける。情けない姿を見られるのはなんとなく恥ずかしかった。

それでも、一度溢《あふ》れた言葉は止まらない。まるで湧き立ての泉のように、胸の奥から噴き出すのだ。優蘭は指輪を触りながら、心中を吐露し続ける。

「この数ヶ月で、私と皓月の関係はどんどん変わったの」

「ふむ？」

「初めはね、もっとぎくしゃくしてて、気軽に自分の過去を話すようなことはなかった。

そして私は皓月のこと、様付けで呼んでたの。敬称をなくしたのは、貴妃《きひ》様の懐妊を周知した後だった」

「想像よりも後だったな」

「そうなのよ。同時に、それくらい目まぐるしく関係が変わってもいた。なら私が『同じ関係』と言ったのは、どこなんだろうって考え続けて思ったの」

するど、紅儷はスッと目を細める。

「ずっと気になっていたのだが。優蘭は、珀右丞相《うじょうしょう》のことが好きなのではないか？」

狙い澄まされた一撃に、優蘭がぐっと喉《のど》を詰まらせる。

好きか嫌いかで言ったら、間違いなく好きだ。この上なく。だがなんとなく躊躇《ためら》いがあるのは、きっと優蘭がもう結婚に対して諦《あきら》めた後だったからだ。

「……好き、だと思う。でも、なんて言うのかしら……ちょっとしっくりこなくて。……私、二十八で婚姻を結んだの」

「ああ、知っている。すごい騒ぎになったからな」

「そうよね。でも、二十八なんてこの国の女性にしてみたら嫁《い》き遅れじゃない？」

「そうだな。十代後半、最低でも二十代前半に結婚しないなら、周りも何も言わなくなる」

「うん。だから婚姻の話を持ちかけられたときにはね、もう愛だとか恋だとかを諦めた後で、仕事に生きて仕事に死のうって考えた後で、自分には関係ないからって切り捨ててたの」

だから優蘭の中で恋愛感情は、雲のようにふわふわしたもう絶対に届かないもので、どこか他人事《ひとごと》だった。

なのに。

「なのにね。皓月が」

「ああ」

「ちょっとした事故だったのだけれど、ね。……私のこと、好きって。言って、くれたの」

「……おお」

「その後、色々あってぶっ倒れて、皓月と話をすることもできず、考える間もなく軟禁されちゃったわけなのですが」

「色々起こりすぎではないかそれ」

「はは」

それに関しては、優蘭にはどうにもできない。強いて言うのであれば、皇帝お前、いい加減空気を読みやがれこの野郎、と言ったところか。

あ、なんか思い出したら腹が立ってきたわね……？

まだ皇帝に対する怒りを感じられるくらいには、元気らしい。それともそれくらい今まで色々あったということなのだろうか。まあどちらでもいいが、沈んでいた気持ちが少しだけ上向いて、優蘭は少しだけ笑った。

同時に、自分の愚かさと直面したような心地になり表情を強張《こわば》らせる。

「……うん、多分だけどあのとき、怖気付《おじけづ》いちゃったのよね。だってあれは、絶対に。ずっと前から私のこと、想ってたって分かる、声音だったから……」

本当に本当に、呼吸が止まったと錯覚するような心地にさせられた。それくらい衝撃的だった。同時に、自分が抱いている感情が皓月と同じだけの大きさがあるものなのだろうか、と疑問視する。

同じ分だけ返せないのに、皓月の想いを受け止めて良いのだろうか。そう思ってしまったのだ。

優蘭が思わず膝の間に顔をうずめると、紅儷が納得したように何回か頷く。

「なるほど。優蘭は、他人事だと思っていたものに実体があって、それを直《じか》に感じて、驚いてしまったんだな」

「……かしら」

「だと思うよ。それに慶木から又聞きした情報だけでも、珀右丞相は優蘭のことをとても愛《いとお》しんで大事にしていたように思う」

「え、ほ、本当っ？」

「ああ。多分優蘭はそのとき、はっきりと彼の想《おも》いに触れて、あまりの熱さにびっくりして火傷《やけど》してしまったのだろうよ」

火傷。

言い得て妙だと思う。むしろここまで優蘭の気持ちを正確に表す言葉も、ないのではないだろうか。

すると、紅儷がさらにたたみかけてくる。

「あと予想だが、優蘭は『こんな歳《とし》になって恋愛なんて気持ち悪い』と自己否定していないか？」

ぐさりと、また言葉が心に刺さる。

「うっ。かも……しれない……」

「ふふ。馬鹿だなぁ、優蘭は。色々考えすぎだよ」

そう言って、紅儷は優蘭との隙間を埋めるように移動しながら足を崩して、ぽんぽんと優蘭の頭を撫《な》でた。

「何歳になったって、人は誰かに恋して、誰かを愛して良いんだよ」

「……そう？」

「もちろんだ。何、若い頃に抱いたときのような、燃え上がる恋愛だけが本物じゃない。

長くじっくりと燃え続ける恋愛だって十分だろう？」

「……それが、同じ温度ではなかったとしても？」

「もちろん」

紅儷は優蘭の体にもたれるように頭を垂れながら、瞬時に頷いた。

「与えるだけが愛じゃないよ。与えて、もらう。それが恋愛。そして与えるほうが満たされる人と、もらうほうが満たされる人がいる。珀右丞相は前者だと思うな」

「……そうね。それに関しては本当にその通りだわ」

いつもいつもいつも。皓月は色々な人に、色々なものを与えてばかりだ。優蘭もたくさんもらってきた。

「そしてそういう人間は、ほんの少し何かもらえただけで満たされる」

「……そうかしら」

「そうだよ。だってわたしがそうだから」

「……紅儷も？」

「ああ。わたしは、慶木が生きて帰って来て、『ただいま』と言ってくれるなら……なんだっていいから」

紅儷が、膝《ひざ》を抱えてどこか遠くを見る。

その横顔があまりにも美しくて。それと同じくらい、皓月と似通っていて。優蘭は思わず見惚《みほ》れた。

真実を語っているということは、明らかだった。

「……そっか」

だから優蘭は噛《か》み締めるような心地で、微《かす》かに笑みを浮かべる。同時に、胸の中にあったもやもやしたものが綺麗《きれい》に晴れていくのを感じた。

そう、よね。私……ちゃんと、向き合わなきゃな。

何より、とても自分らしくないと思う。だけれどきっと、恋愛にはその人からその人らしさを失わせるほどの何かがあるのだと思って、少し恐ろしくなって。だけれど不思議と、愛《いと》おしさも感じた。

私の中に、もう一人の私がいるみたい。

ふわふわして曖昧《あいまい》で、でも確かに自分の中にあるもの。それに気付いたら、なんだか胸の奥から色々なものが溢《あふ》れてたまらなくなった。

それを精一杯こらえつつ、優蘭は紅儷に向かってはにかむ。

「話を聞いてくれてありがとう、紅儷。心、決まったわ。……私、皓月にかける自分なりの言葉を考えてみる」

「そうか、なら良かった。……そんな優蘭に、もう一つ朗報だ」

「ろう、ほ、うっ⁉」

するると、紅儷は素早く立ち上がり優蘭の手をぐいっと引っ張って無理やり立たせてくる。目を白黒させた優蘭が体勢をどうにか立て直していると、紅儷がにこりと微笑《ほほえ》んだ。

「慶木から聞いたんだ。宮廷と後宮のほう、なかなか楽しいことになっているらしいぞ」

「……え？」

「共犯者が分かったから、相手のやろうとしていることを予想した上で反撃の準備をしているらしい」

「……え？……………えっ？」

どうやら優蘭の知らない間に、事態はどんどん進行しているらしい。

むしろ私、一人だけ仲間外れ？　置いてきぼり……？

そんな心境が表情に出ていたらしく、紅儷はくすくす笑いながら優蘭を引っ張って外に出る。

「こういうときは、大人しく待っていたらいいんだよ。そうしたらいずれ呼ばれるだろうから」

「そう、かしら……」

「ああ。それに、優蘭の夫は決して優蘭を除《の》け者にしたくて奔走しているわけではないだろう？」

「そう、よね。……うん、そうだわ」

勝手に疎外感を感じていた優蘭だったが、紅儷の言う通りだった。優蘭が必要になれば、いずれ呼んでくれるだろう。

そう思って納得していると、紅儷は不敵に笑いながら優蘭の手を引いた。

「何、もしいつまで経《た》っても呼ばれることがないなら、わたしが話をつけてくるさ。女がいつまでも黙っていると思ったら、大間違いだからな」

「紅儷……」

その男前な発言に、胸がときめく。

同性にもかかわらず胸がきゅんとしたのは、紅儷がそれほどまでにかっこよかったからだ。同じ女性として、尊敬する。

お母様以外の人をここまで尊敬することになるとは思わなかったわ……。

世の中にはまだまだ色々な人がいるのだなと、優蘭は改めて実感した。

その一方で、紅儷はふむ、と口元に手を当てながら言う。

「腹が減っては戦はできぬ、とはよく言う。どうせ年末年始は慶木も帰ってこられないだろうから、今日のうちに祝いでもするか」

「あ、水餃子《ギョーザ》ね？」

「ふふ、ちょっと違うんだ。うちでは毎年、わたしの実家のほうで食べている鹿肉の焼き餃子を作る」

「へえ、どうして？」

「慶木がいたく気に入ったからだよ。しかも慶木が言うには、わたしが作ったものでないと美味《おい》しくないらしくてね。郭家の料理長はその道の達人だから、そんなことあるとは思えないのだが……」

嬉《うれ》しそうにそう語る紅儷の姿は、どことなく可愛《かわい》らしくて。優蘭は少し驚くと同時に、彼女が言っていた言葉の意味を理解した。

そっか。紅儷は本当に、郭将軍のことを愛しているのね。

でなければ、こんな、愛おしい者を見るような顔で。慈しむような声音で話をしたりはしない。そういうものは、本人の自覚がなかろうと滲《にじ》んでしまうものだから。

しかし紅儷は自覚してしまったらしい。はっとした顔をしてから、優蘭の顔を見て早口で話を切った。

「あ、その、だな。……な、なので、味は保証するよ！　慶木は味にはうるさいからなっ」

優蘭はそれに気づかないふりをしつつ、少し大袈裟《おおげさ》に驚いて見せる。

「へえ！　焼き餃子は食べたことがあるけど、鹿肉で作ったものは知らないわ。新年を祝う餃子でも、地域によってもかなり特色があるのね」

そう言えば、紅儷は安心したような顔をして頷《うなず》いた。それに優蘭も安堵《あんど》しつつ、ふと引っ掛かりを覚える。

新年を祝う餃子……か。

優蘭は思わず、今年の春を思い出していた。

あの頃に一度、使用人たちが勘違いをして、朝食に水餃子を作ってくれたっけ。

あのときは『子宝に恵まれる』という言い伝えから作ってもらったものだったが、新年に食べる餃子はまた別の意味を持つ。一家が揃《そろ》って食べることから「幸福の象徴」とされ、縁起が良いとされてきたのだ。

そう思い出して、優蘭は思う。

さすがに、食べてもらうことはできないけど。でも、餃子を作りながら祈ることくらいなら……してもいいわよね？

皓月の幸せを、願いたい。そう心から思う。

だから優蘭は拳《こぶし》を握り締め、紅儷の背を追った。

「あ、あの、紅儷！　私も、餃子作り手伝ってもいいっ？」

「お、それは楽しそうだ。是非ともやろう」

「ありがとう。……あ、でもごめんなさい、料理は本当に駄目なので、餃子の皮を作るのと餡《あん》を包むことくらいしかできないと思います……」

「ふふ、十分だよ一緒にやろう。それにこういうのは、隣り合って話をしながらやるから楽しいのだろう？」

「……ええ、そうね。ありがとう、紅儷」

そう言い、二人の寵臣《ちょうしん》妻たちは並んで戦準備を整えに向かったのだ。

＊

その一方で。宮廷のほうでも、大きな動きがあった。

皓月の双子の妹こと、蕭麗月《しょうれいげつ》。

彼女が珀家の屋敷《やしき》に来訪したことにより、事態が大きく動き出したからだ。

麗月と一緒に朝早くから出勤した皓月は、皇帝たる劉亮《りゅうりょう》と実の妹が皇帝の執務室で顔を合わせるのを複雑な心境で眺めていた。

その一方で劉亮は、興味津々といった体で麗月をまじまじと見つめている。

「ほう、そなたが噂《うわさ》の、本物の麗月か」

「噂の、とおっしゃいますと……どちらでしょう？　皓月からお聞きになったわたしですか？　それとも、今後宮で働いている『麗月』かしら？」

「どちらもだよ、蕭麗月。いやはや、聞いた通り美しいな。まるで雪の妖精《ようせい》のようだ」

早速軽口と共に口説きにかかっている自身の主人を見て、皓月はため息を吐く。そして幾分か低い声音で告げた。

「……主上。それ以上口を開くようでしたら、それ相応の覚悟を持ってどうぞ」

「そんなに怒るな。挨拶《あいさつ》だよ、皓月」

「そうよ、皓月。それに田舎では口の上手《うま》い方になんて会わないもの、嬉しいわ。お褒めいただき光栄です、陛下」

麗月本人まで皓月をからかうようにそう言うのだから、手に負えない。劉亮が二人に増えたかのような錯覚を起こして、皓月の頭がじんじんと痛みを帯びてきた。

それを紛らわせるべく、皓月は軽く頭を振ってから本題に入ることにする。

「それはともかく、主上。お願いしたいことがあります。――麗月に男装をさせて、『珀皓月』として働かせることをお許しください」

理由としては、単純明快。そうでないと、とてもではないが優蘭を期限内に救えなそうだったからだ。

右丞相としての職務と、健美省《けんびしょう》女官としての職務。この二つを両立させつつ証拠集めを進めるのは、正直言ってかなり厳しい。いくら万能な皓月とて、体が二つに分かれない限り難しかった。

そう。本当ならばどちらかを犠牲にしなければ、この問題は解決しなかっただろう。

だが、ここで一つそれを可能にする関係性がある。

皓月に、存在そのものを秘匿された双子の妹がいたことだ。

——黎暉大国において、双子は『忌み子』と呼ばれ疎まれる。同じ顔の人間が生まれることを気味悪がり、縁起が悪いものとするからだ。

大抵の場合片方を殺すのだが、しかし皓月の両親はそれを厭《いと》うた。子どもを殺すことを拒み、親戚《しんせき》にも内緒で妹を遠縁へ養子に出したのである。

皓月も小さい頃はそれを知らずに育ったのだが、ぽっかりと空いた心の穴がなんなのか分からず両親に何度も問いかけ、そして根負けした両親から話を聞いた。皓月には、双子の妹がいると。それを聞いたとき、足りなかった部分にすとんと何かがはまる感覚があってああ、と納得したものだ。

それから一度も顔を合わせるようなことはなく、しかし文ではずっとやりとりをしていた。ただ同じ顔の存在が現れてしまえば、皓月の立場が危うくなる。

だから本当ならば麗月は決して、都になど出てこなかった。

皓月が、愚かな間違いを犯さなければ。

そうです。麗月が都に出てくることになったのは……わたしが、『蕭麗月公主疑惑』を払拭《ふっしょく》させるために、来てくれるよう願ったからです。

公主疑惑を払拭させるのに一番良い方法は、素肌を晒《さら》してその体のどこにも『皇族の証《あかし》』がないことを証明することだ。

しかし皓月が脱ぐことは絶対にできない。そもそも男なのだから、脱げば「何故《なぜ》後宮に男がいるのか」という別の問題が浮上してしまう。なら、顔がそっくりの女性を見つけ出せば良い。

そして皓月は双子だった。

顔がまるっきり同じの、双子。それを使わない手などない。

優蘭を救うため、皓月は危険を冒すことを承知で麗月に頼み込み、作戦を決行したのだ。

そして今回は、その逆。麗月が右丞相としての皓月になり代わり、皓月が『蕭麗月』という健美省女官として働く。そのための、入れ替わりだ。

そういった細々とした説明を劉亮にすれば、彼は特に考えることもなく頷いた。

「良い、許す」

「……本当によろしいのですか？」

「もちろんだ。実際、今のそなたに必要なのは後宮内で自由に動ける時間だろう？　ならば、入れ替わることになんら問題はない」

「そうですか、それならばよかったです。ありがとうございます」

皓月はほっと胸を撫《な》で下ろす。麗月から話を持ちかけられたときはどうしようかと思ったが、上手《うま》く話が進んで安堵していた。

すると、劉亮がさらに続ける。

「麗月が皓月をやるならば、多少の怠慢ならば見逃してくれよう？」

「……主上？」

「それに、余としても近くに見目麗しいおなごがいるほうが気持ちが華やぐ」

「……主上」

「ははは」

低い声で咎《とが》める意味を込めて名前を呼んだが、劉亮はどこ吹く風だ。

しかし今はその言葉が本気なのか冗談なのかを確かめている時間はない。当の麗月も皓月を快く見送ってくれているのだから、これ以上とやかく言うのもはばかられた。

本当に、色々な意味で大丈夫でしょうか……。

麗月には、もし仕事ができなかったり分からなそうであれば劉亮とその周りの宦官《かんがん》を頼ったり、いざとなれば仕事を家に持ち帰ってきてくれと言い含めてあるが、どうなることやら。

一抹の不安を感じながらも、皓月はいつも通り女官服に袖《そで》を通し、化粧を施してから後宮へと向かったのだ。

＊

麗月がやってきてから二つ、皓月は改めて実感したことがある。

一つ目は、個人には限界があって、一人だけではやれることが限られているということ。

そして二つ目は。

もし大切なものが複数あってそのどれもを守りたいなら、平気な顔をして何かを捨てていいわけがない、ということだった。

そのどちらも、皓月は優蘭から教わった。

捨てることは清貧の心としては大切で、人によっては美徳になるのかもしれない。大切なものを守ったという達成感を得られ、誇りになるのかもしれない。

だが優蘭は、それだけでは心が渇いてしまうということを教えてくれた。そして自分一人ではなく多くの仲間と一緒に頭をひねれば、どんなに大きな壁だって越えられる力になることも、後宮で働きながら証明してくれた。

そう。何一つ、無駄ではなかったのだ。全てちゃんと、繋《つな》がっていた。

優蘭のことを救ってくれる人がこんなにもたくさん集まったのはひとえに、優蘭がいろんな人を救ってきたからだけではない。彼女が様々な人と関わりを持って、ときにはぶつかりながらも気遣い、たった一つでも取りこぼすことなくちゃんと向き合ってきたからだ。

同時に、皓月は気づく。きっと優蘭が皓月に言いたかったことは、こういうことなのだろうな、と。

確かにこれは……とても、代え難いものですね。

一人一人の力が合わされば、こんなことができるのだと。優蘭が皓月に指し示してくれたような気がした。その影響なのか、皓月の頭の中にある作戦が浮かぶ。普段ならば優蘭が思いつきそうな案が浮かんだことが、おかしくて仕方がなかった。

だがこれはきっと、この盤上をひっくり返すだけの力があるはず。

道中を早歩きで行きながら、皓月はふう、と息を吐いた。

そしてそのためには、まだ協力してくれていない人たちの手も必要となる。

彼らを説得するために、皓月はその足で紫苑宮《しおんきゅう》に向かった。

紫苑宮の鍵《かぎ》を専用の道具を駆使して開錠した皓月は、そろりと足音を忍ばせて中へ入った。向かう先はもちろん、紫苑宮の寝室。隠し部屋がある場所だ。

前回同様扉を開けて中へ入れば、開くと思っていなかった時間帯に開いた通路に驚く玄《げん》曽《そう》の姿が見える。朝方にもかかわらず光が入らない隠し部屋は、一本の蠟燭《ろうそく》で照らされていた。心許《こころもと》ない灯《あか》りがちろちろと風を感じて揺れている。

玄曽の周囲には侵入のときに使うであろう道具や彼の衣類、防寒具といったものが散乱しており、整理整頓を大事にする彼には似つかわしくない様相になっていた。

玄曽は皓月の姿を認めると、大きく目を見開いた。

て見えた。

「今日は内官司《ないかんし》女官長様もいらっしゃいませんし、皓月で結構ですよ。夏様《かさま》」

そう笑みをたたえて言えば、玄曽は困った顔をする。そこには人の良さというのが透けて見えた。

今日のこの感じなら、話ができそうですね。

頑《かたく》なに断られたらどうしようかと思っていた。そういった相手には、言葉というものが通じにくいからだ。前回会ったときに話をした玄曽の最後のほうは正《まさ》しくこれで、あのとき皓月が帰ったのは正しかったと今なら言える。

玄曽がまた構えて拒絶してしまうより先に、皓月は話をしようと口を開いた。

「夏様。あなた様の協力がやはり欲しくて、こうしてやってきてしまいました」

「……何度説得されようと、わたくしの考えが変わることはありませんよ。珀右丞相」

「そうですか？　この作戦内容を聞けば、あなた様もきっと私に協力せざるを得ない……といった気持ちになってくださるはずです」

それは一体どういうことなのか。玄曽が皓月の話に興味を持ったのが、表情から窺《うかが》えた。

皓月は内心拳《こぶし》を握り締めながら、優蘭を思い出して言葉を紡ぐ。

届けと、ただひたすらにそう願って。

「麗月……様」

「范燕珠《はんえんしゅ》を、再びこの後宮へと呼び戻したいのです」

そう、はっきりとした口調で告げた。

案の定、玄曽がどういう意味か分からず困惑している。普段の皓月が抱いているような気持ちを彼も抱いているのだと思うと、何故だかひどくおかしかった。やはり、優蘭が今皓月の体に乗り移っているらしい。

だが、今はそれがとても心地好《ここちよ》かった。彼女さえいてくれれば、皓月はなんだってできる。やれる。

優蘭、見ていてくださいね。わたし、絶対にやり切ってみせますから。

そう思いながら、皓月は玄曽に作戦の意図、また玄曽と雀曦《じゃくぎ》にやってもらいたいこと、そしてその作戦を遂行できた結果、双方にどのような利益が生じるのかを説明する。

すると、初めのうちは渋面をしていた玄曽の顔がみるみるうちに驚きに彩られ、そして希望に満ちたものになっていた。

先ほどまでは、これから人を殺しに行くかのような表情をしていたのに、面白いものだと皓月は興味深くその様子を窺《うかが》う。

すると、玄曽が手を震わせながら言った。

「……もし、この作戦が上手くいけば……わたくしは燕珠だけでなく、陶丁那《とうていな》も救えるのでしょう、か」

皓月が先日、最後に言い残した言葉を、玄曽は気にしていたらしい。

皓月は目を細めながら、そっと頷《うなず》いた。

「はい。ただ、かなりの博打《ばくち》ではあります。範宦《はん》官長が、わたしたちの思惑通りに動かなければなりませんから」

「はい」

「それに、この作戦を決行するためにはより多くの方々の協力が必要になります。改めて話をして、参加者が決まったら念入りに打ち合わせもやったほうが良《い》いでしょうね。この人数をまとめるのにはわたしだけでは厳しいですから、夏様にもかなりの負担を強いることになるかと思います」

「……そう、ですなあ」

きっと、これを決行したらどうなるかを考えているのだろう。思案顔をしている。

だがその表情はどことなく、柔らかいもので。なんだか楽しそうだった。

すっと顔を上げた玄曽は、皓月を見るとまぶしそうに目を細める。

「……分かりました。その作戦であれば、わたくしめも協力いたしましょう」

「！　本当ですか!?」

「はい。……いやはや、恐れ入りました。わたくしが捨て身で行なおうとしたことを全て叶《かな》えているのに、この作戦は誰も切り捨てていません。それだけでなく、そこに正当性があるというのですから面白いものです」

「大義名分には、正義があったほうがいいですからね。そこは大事ですよ」

「そうですね……どのようにして思いつかれたのですか？」

そう言われて、皓月は一瞬考えた。他人に言っても分かってもらえないような気がしたし、何より、皓月が今感じているものを大事に胸元で抱えて、自分だけのものにしておきたかったからかもしれない。

だから皓月はうっそりと微笑《ほほえ》むと、唇に人差し指を当てて呟《つぶや》いた。

「わたしの神様に、教えていただきました」

――ちゃりーん。

そう言えば、どこからともなくそんな音が、聞こえてくるような気がした。

間章一　とある薄幸少女の吐露

わたしは、全てを諦《あきら》めていました。
後宮にくる前にどんなことをされていたのか。
自分が、この後宮で何をやらされるか。
それを全て聞いて、絶望したからです。
恩人だと思っていたおじさんは、欲深い人でした。
恩人だと思っていたおじさんは、人を苦しめるのが好きなおかしな人でした。
理解できません。理解したく、ありません。
理解したら、頭がおかしくなってしまうと。そう思いました。
だからわたしは、すべてから目を逸《そ》らして、何も考えないことにしたのです。
でも、だけど、おじさんたちは言いました。
わたしが頑張って目的の人を殺せば、妹だけは助けてくれると。
わたしが頑張って目的の人を殺せば、妹と一緒にどこか遠くで穏やかに暮らせるようにしてくれると。

そう言ってくれました。

わたしは馬鹿でダメな子だったから、その話を信じたの。

信じたかったから、信じているふりをしたの。目を逸らしていたら楽になると、そう思ったの。

でもやっぱり、ダメでした。

おじさんたちは嘘《うそ》つきです。

わたしが、わたしの今の主さまを殺して、その罪をある女の人になすりつけることができたら、村を焼いて全部処分するんだと。そういう話をしているのを、わたしはこっそり聞いてしまいました。

おじさんたちは、嘘つきです。

最後の最後まで、嘘つきです。

わたしの大切な妹を、殺すと言うんです。

家畜を殺すような気楽さでした。そしてわたしは思い知ったのです。おじさんたちは決して、わたしたちのことを同じ人間だと思っていなかったのだということを。

……今の主さまは、それはそれは良い人です。

わたしの体のことを心配してくださいます。

無理に、毒味役をしなくて良いのだと言ってくださいます。

何かあるたびに、お菓子をくださいます。

……たくさんたくさん、頭をなでてくださいます。

優しい人です。来たばかりの毒味役に、こんなにも優しくしてくださいます。

わたしが何をしても妹が死んでしまうなら、わたしは誰かを傷つけたくありません。

こんなに優しい人を、殺したくありません。

だから、自白しました。罪を認めました。


そしておじさんたちの望む通り、『はくゆうらん』の名前を出しました。

『はくゆうらん』は、わたしのことを秀女選抜のときに選抜した女性で、つい先日書庫で会ったとき、火鉢に火を起こしてくれた人です。

とてもとても優しい人でした。自分は、後宮にいるすべての女性の味方だと言いました。

優しいけれど、でも嘘つきです。

だってそうでしょう?

すべての女性の味方なんて、絶対に無理なのだから。

優しい、人でした。
でもこの人はきっと、嘘つきです。
なら……いいよね？　巻き込んでも、いいよね？
……いい、よ、ね？

――わたしは、罪人です。
おじさんたちと一緒の、嘘つきです。
おじさんたちと一緒なんて嫌だったけど、でももうどうでもいいです。
だってわたしが死ぬことは、もう、決まっているのですから。

第五章　夫、協力者と共に仕掛ける

黎暉大国《れいきたいこく》の年末は、例年特に冷える。北からの風がちょうど、この時期に強く吹くからだ。そのため天候も荒れやすく、皓月《こうげつ》の故郷である柊雪州《しゅうせつしゅう》は吹雪《ふぶ》くことが多かった。そして都・陵苑《りょうえん》でも、それは例外ではない。

柊雪州ほどではないにせよ、雪が何時間も降り続け、街を一瞬で白く染めてしまうのだ。

そうなると、外へ出歩くのは難しい。だからこそ、今までの買い溜《だ》めが役に立つのだ。

同時に、この時期になまものを使い切ってしまうので、大抵の家では目一杯豪華な夕餉《ゆうげ》を作って家族と一緒に食べる。熱々の水餃子《ギョーザ》、タレとともにパリッと焼かれた鶏の丸焼き。それらを家族で分け合いながら身を寄せ合って食卓を囲む。そこにあるのは、冬の寒さの中でも強く生きようとする温かい家庭だ。

それが、黎暉大国庶民の年越しだった。

そんな中、後宮内はとにかく冷え切っていた。

温石《おんじゃく》が不足しているとか、火鉢に使う炭が足りないとかそういう問題ではない。

──先代皇帝時代に『悪女』と恐れられた女の幽霊が、賢妃毒殺未遂騒動を機に徘徊しているというのだ。

普通の幽霊騒動ならば、ここまで恐れられなかっただろう。怪談は妃《きさき》や女官たちにとっては、美しいが窮屈な花園を生きるために必要不可欠な、刺激的で楽しいことだからだ。

しかし今回話にのぼっているのは、執毒事件《しゅうどくじけん》を引き起こした稀代《きたい》の悪女、范燕珠《はんえんじゅ》の幽霊だった。

まず范燕珠は、その噂《うわさ》をするだけで不吉なことが起きる存在とされていた。実際に死人が出たこともあるということで、未《いま》だに彼女の話をする者は後宮にも宮廷にもいない。

その大前提があるのに、今は埋められている燕珠が身を投げた井戸の周りを、彼女の幽霊が徘徊しているというのだ。

どうやら彼女は、毒を使った暗殺未遂が行なわれたことで、死の世界から引っ張り上げられてしまったらしい。未だに現世に未練があり、皇族全てを毒殺してやろうとふらふら徘徊しているという。

それだけならまだしも、目撃情報まで上がってしまい後宮内ではそれはそれはひどい騒ぎになっていた。

初めに被害にあったのは、淑妃《しゅくひ》・綜鈴春《そうりんしゅん》だった。

日もとっぷり暮れ出す時刻に、暇つぶし用の書物を書庫へ取りに行った鈴春に、燕珠の幽霊が襲いかかってきたというのだ。

鈴春と彼女の侍女たちはそれはもう恐ろしい思いをして逃げ出し、書庫へと駆け込んだ。そしてぼろぼろと涙をこぼしながら、その日当直をしていた司書の宦官《かんがん》に泣きついたのだ。

その怯《おび》えっぷりは本物で、鈴春はその後ひとしきりどんな人だったのか、どんな見た目をしていたのか、何を言っていたのかを話すと失神してしまった。燕珠に出会ってから数日経つが、あまりの恐怖から立ち直れず宮殿に引きこもっているという。

それだけならまだしも、その後も同じ目撃情報が上がった。徳妃《とくひ》・郭静華《かくじょうか》もそのうちの一人だ。彼女は対応の遅さを、宦官長・範浩然《はんこうねん》に直接言い放ったらしい。

実際、浩然は妃たちの勘違いとして、あまり真剣に事態を解決しようとはしていなかった。年末年始は働いている人数も少ないため、そちらに人員を割きたくなかったらしい。

だが、嘘や冗談が嫌いな静華に言われてしまえば動かざるを得ない。

それと同時に、話を聞いた皇帝派宦官の長・夏玄曽《かげんそう》は速攻皇帝に報告。それを聞いた皇帝は、「余の花園でそのような騒動が起きていただと!? 何故《なぜ》誰も報告をしなかった!」と激怒し、幽霊を宥《なだ》めるべく尼僧を呼んで祈禱《きとう》まで行なうという大騒動に発展した。

鈴春が燕珠の幽霊を見たと証言してから、わずか四日後の出来事である。

目撃者は皆口々に『お前じゃない』『お前も違う』『皇族の血が欲しい』と燕珠が言っていたと証言。これにより、燕珠が呪い殺そうとしているのが皇族だと判明した。

どうやら燕珠は死んでもなお、皇族を全て殺戮《さつりく》たらしめんとしているらしい。その怒れる魂は、毒殺未遂騒動をきっかけにして実体化してしまったというのだ。

特に危険なのは、皇帝と、皇帝の子を腹に宿している貴妃《きひ》・姚紫薔《ようししょう》の存在だった。皇族を狙うということは、そういうことだからだ。

そのため、紫薔の宮殿は連日厳戒態勢で警護にあたる宦官たちで固められた。また、尼僧による祈禱でも効果がないのであれば、紫薔を宮廷に移す話も出ているという。

珀優蘭《はくゆうらん》の命運が決まるまで、残り十八日。

後宮の年末年始は、凍えたものになりそうだった――

――その一方で。

紫薔の住まいである蘇《す》芳《おう》宮の客間では、盛大に茶会が開かれていた。

参加者はなんと、紫薔、鈴春、静華、明《めい》貴《き》。他数名の侍女と女官がおり、忙《せわ》しなく動いている。四夫人による茶会はこれで二度目だが、前回と違って彼女たちは派閥によるしこりなどもとからなかったかのように、楽しく話をしていた。范燕珠の幽霊騒動の件など全く知らないとでも言うように、楽しく世間話に花を咲かせている。

しかし彼女たちの話題の中心は、その范燕珠についてだった。

優蘭が以前贈った黒豆茶を飲みながら、紫薔が妊婦とは思えない艶《あで》やかな笑みを浮かべる。

「ふふ、聞いたわよ、綜淑妃。玉紫庫《ぎょくしこ》で宦官相手に、役者顔負けの名演技をしたんですってね？」

「そそ、そんなことは！」

顔を真っ赤にした鈴春が、ぶんぶんと勢い良く首を横に振る。その顔は、とてもではないが連日寝込んでいる妃の顔色ではなく、肌にも髪にも艶《つや》があり声にもハリがあった。優蘭が後宮に来た頃、調子を崩して寝込んでいたときとは大違いだ。

そんな鈴春を見つめながら、明貴がゆっくりと首を横に振る。

「わたしはこっそり様子を窺《うかが》っていましたが、素晴らしいものでしたよ。あの姿を見れば、たとえ女であったとしても綜淑妃が嘘をついてるとは思いません」

「そう、でしたか……？」

「はい。あの演技のおかげで、范燕珠の幽霊騒動がより現実のものとなりましたから。本当にお手柄です」

「……えへへ、ありがとう、ございます。昔のことを思い出しながらやってみたら、意外と上手《うま》くいきました。わたしの拙《つたな》い経験が、珀夫人を助けるために役に立ったなら……本当に何よりです」

扇子で顔を隠しながら、鈴春は柔らかく微笑む。それを見た紫薔と明貴も、どことなく嬉《うれ》しそうに笑った。

が、その中で唯一不機嫌そうに眉《まゆ》をひそめている女性がいる。

徳妃・郭静華だ。

彼女は明貴の顔を目を細めて見つめながら、口元を扇子で隠しつつ言った。

「というよりそもそも、史《し》賢妃の演技が本格的過ぎたのよ……本当に幽霊が出たのかと思ったわ」

「左様にございましたか？　確かに見た目を似せつつ、怪我《けが》をした感じを出すために紅花と蜂蜜《はちみつ》を混ぜたものを塗ったり、侍女が使わなくなった古い衣をさらにぼろぼろにしたり、靴もぼろぼろのものを履いたり、できる限りしてみただけですが……」

そんな明貴に、彼女付きの侍女頭が「凍傷になってしまいますから、お靴はやめてくださいと言っているのですが……」と苦言を呈している。

が、静華はそういうことではないと言わんばかりの顔をして首を横に振った。

「ほんと何してるのよ、本気度が高すぎるのよ……夜よ？　視界が悪いのよっ？　そこまでする必要、ある!?」

「真冬でさえなければ、全身ずぶ濡《ぬ》れでやりたいところでした……ああ、残念です」

「あれでも満足していないの？　嘘《うそ》でしょうっ!?」

キンキンと耳に響く金切り声で、静華はぶるぶる震える。顔を扇子で隠してはいるものの、動揺していることは明らかだった。

そんな静華を、明貴がじいっと見つめる。そしてこてんと首を傾《かし》げた。

「……もしや、あのときの悲鳴は」

「あーあーあーあー！　聞こえなーい！　そしてわたくしはみっともない悲鳴なんて上げてないわっ!?　そそ、そうよね？　そうだったわよね、梅香《ばいこう》!?」

「えっ!?」

唐突に話を振られた梅香は、素っ頓狂《とんきょう》な声を上げた。ちょうど茶菓子を運んできたところで、危うくお盆から落としかける。それを常人では絶対にできない反射神経でどうにかすると、何事もなかったかのように茶菓子を各自に配りながら目を泳がせた。

「だだ、大丈夫です。わたしは何も聞いていませんし、何も見ていませんでした。はい何も。何も」

「……梅香？」

「でで、ですから、範宦官長を割と本気で叱りに行かれたことも、静華様がしばらく眠れなくなったという話も聞いておりません。聞いておりませんとも」

「梅香ッッッ!!」

「ヒッ！　もも、申し訳ありませんっ！　つい！」

顔を真っ赤にした静華が、閉じた扇子でビシビシと梅香を叩《たた》く。梅香はそれをひょいひょい避けながら「申し訳ありません！　申し訳ありません！」と謝っていた。

本当の意味での謝罪なのかは量りかねるが、静華の侍女たちが特に止めようとしていないところを見るに、おそらくこれが彼女たちにとってのいつも通りらしい。

そんな騒ぎの中でも、他の妃たちは特に気にしたふうもなく各々楽しいおしゃべりに花を咲かせていた。

そのおともにはもちろん、優蘭が内食司《ないしょくし》女官長と一緒に考案したという茶菓子が添えられている。

一品目は、牛の酪漿《らくしょう》に卵白と砂糖を入れて作った液を蒸し固めた白乳布丁《はくにゅうふちょう》と呼ばれる菓子だ。本来ならば冷やし固めて食べるのだが、冬ということもあり今回は温かいまま生姜《しょうが》入りの蜜を注いで食べる形となっている。

ふるふるとしたそれは、匙《さじ》を使って口に運ぶとびっくりするくらい熱いが、直《す》ぐにするりと溶けて酪漿の優しい甘みと生姜の爽《さわ》やかさが染み込んでくる、とても美味《おい》しい菓子だ。生姜は体を温める効果があるため冬にぴったりだと、優蘭は皓月に言っていた。

二品目は、異国から入ってきて直ぐに黎暉大国でも人気になり、形を変え作られるようになったという卵糖《らんとう》。ふわふわになるまで泡立てた卵白に小麦粉、砂糖、卵黄、牛の酪漿を混ぜて蒸し焼きにしたものだ。

ふわふわとしつつも、しっとり素朴な甘さはくどくなく、何個でも食べられてしまう。

こちらはもう一種類あり、そちらには乾酪《かんらく》を混ぜてあまじょっぱくしている。甘いものばかりでは飽きがくるからと、優蘭が気遣って内食司女官長である宝可馨《ほうかきょう》にお願いしていた。

三品目は、乾燥させた棗椰子《なつめやし》の実に牛酪《ぎゅうらく》と炒《い》った胡桃《くるみ》を挟んだ一風変わった菓子だ。ねっとりとした甘さを持つ棗椰子の実は精神的な不安を解消させる効果が高く、また肌と髪を美しく保つという。また従来の棗と違って砂糖を使わずとも甘いということで、近年後宮でも人気が出ていた乾燥果物だった。

しかしそれに牛酪を挟んだものは後宮内でも初めて出されたため、妃嬪《ひひん》たちも初めは戸惑っていた。だが口にして、棗椰子の甘さと牛酪の濃厚さ、胡桃の香ばしさの相性の良さを知ると、皆一様に表情を緩めていく。

茶会に参加した四夫人や、その侍女たち。そして今回も協力をしてくれた女官長や女官たち、宦官たち。そのすべてが参加する茶会は、とても穏やかで和気あいあいとしている。この場にたとえ優蘭がいなかったとしても、優蘭が守りたかった平和な後宮がそこにはあって。彼女がいたという証拠がちゃんとある。そのことがありありと分かる茶会だった。

――それらの様子を茶を淹《い》れつつ眺めていた皓月は、ほっと息を吐いた。

今回の茶会は、息苦しい生活を強いられていた彼女たちのために開いた唯一の息抜きだ。そして紫薔にとっては、出産前に後宮で過ごす最後の時間となる。范燕珠の幽霊騒動にかこつけて、このまま子どもを産み終えるまで宮廷で過ごす手筈《てはず》となっているからだ。そのほうが守りやすいし、紫薔のことを診てくれている侍医は皇帝専属だ。何かあったときに対処しやすい。

そして、噂《うわさ》では各々の宮殿で引きこもっているはずの彼女たちが、何事もなかったかのように笑い合っている理由はただひとつ。

――そう。一連のこの騒動は、全て皓月たち健美省《けんびしょう》が指揮を執り、四夫人を含めた他の妃《きさき》たちや女官長たちに助けてもらって起こした、故意的なものだったからだ。

妹の雀曦《じゃくぎ》曰《いわ》く、明貴の雰囲気と背丈は燕珠そっくりらしい。以前優蘭と話をしたときにそんな話を彼女がしたのだ。

真面目で努力家、ひたむき。雀曦が明貴を姉のように慕っているのは、そういった面もあったようだ。だから、明貴が燕珠に化けて徘徊《はいかい》することになったのだ。

それを、鈴春と静華が目撃して吹聴《ふいちょう》する。あとは、後宮内に噂として伝播《でんぱ》させるだけだ。話し好きの妃や女官たちに当事者たちが触れ回れば、それはあっという間に広まった。

そのついでに、紫薔の護衛も増やして身重の彼女を殺そうとする輩《やから》から退けつつ、紫薔を宮廷へと連れていくための言い訳にした。

これにより、皓月たちは後宮の妃たちを守りつつ、範浩然の精神に傷を負わせることに成功した。

雀曦から話を聞いた玄曽の情報によると、浩然は相当取り乱しているらしい。普段の、人を駒のようにしか思っていない様子から一変、半狂乱になり周囲に当たり散らしているとの話だ。作戦が思い通りにいかないくらいでは決して取り乱すことなどない男なので、燕珠の存在に相当参っていると見て間違いなかった。

あの男がそんなふうになったことに驚きつつも、皓月は胸のすくような清々《すがすが》しい心地になる。それくらい、浩然には手を焼かされていたからだ。

そして燕珠の幽霊を故意的に出現させたことにより、宮廷内は大騒ぎになった。

まず、劉亮《りゅうりょう》の身辺は今厳重に固められ、人っ子一人通さない警備が敷かれている。慶《けい》木《ぼく》は寝ずの番を命じられ、劉亮のそばに決して離れることなくついている……ということになっていた。

もちろん、それらすべてはあくまで狂言であり、各々の任務を円滑に進めるための理由づけに過ぎない。だがこれを大義名分に、皓月たちは様々なことができるようになった。

まず、宮廷に残っていた官吏たちは皆帰省することを禁じられ、都にある自宅に待機とした。そして念のためということもあり、今残っている官吏たちの屋敷《やしき》内を御史台《ぎょしだい》が捜索することになった。

万が一、今いる官吏たちの中に愉快犯がいて、皇帝を含めた皇族関係者を害するかもしれない。それを懸念しての対策だ。そう言われてしまえば、拒否できる官吏や宦官《かんがん》たちは絶対に出てこない。皇帝暗殺は極刑級の大事件だからだ。

これにより、皓月たちは今まで不正をしていたと思われる人間たちの屋敷にまで対外的な問題なく踏み込むことができたのだ。

既に都から離れている人間たちも、帰還後捜索の手が回される手筈となっている。それを知らせるためか、調査を終えた浩然子飼いの宦官の一人が柊雪州へと続く関所を抜けたらしい。様子を窺っていた雀曦が知らせてくれた。

また浩然の屋敷を見張らせている間者によると、彼は屋敷に戻るや否や、血相を変えて私室に入ったかと思うとすぐに庭に出て自らの手で土を掘り返し、何かの箱を埋めたという。埋めたのは間違いなく、燕珠が盗み出して浩然を追い詰めるための材料に使ったとされる証拠品だろう。自身がなくしても困るようなものであれば焼いて処分をするようなことはないと考えていたが、その通りだった。

予想外の事態が続けざまに起こったことにより、浩然にもとうとうボロが出たのだ。

しかも雀曦の話では、浩然はどうやら一日でも早く自宅待機が解かれ、休暇をもらいたがっているという。どうやら、早々にあの村を廃棄したいようだ。

しかし全員で浩然と雨航《うこう》が合流する日を検証したが、一番可能性が高いのは年終わりの日だった。

理由としては、三つ。

一つ目は、雨航が年明けに出勤するのは、新年三日目だということ。また、浩然の本来の帰省は年終わり三日前だったということ。

二つ目は、雨航の飼っている駿馬《しゅんめ》ならば、白桜州《はくおうしゅう》の村から都・陵苑まで一日で着くと空泉《くうせん》が計算したため。

そして三つ目は、慎重な性格の雨航ならもしものときを考えて一日多めに取るだろうと推測したからだ。

そう。雨航と馬の話をしたことが、ここで役に立ったのである。普通の馬ならば雪を考慮して二日はかかる距離に村はあるので、この会話がなければ日程を予測するのは難しかったかもしれない。

まさかここであのときの世間話を活用できるとは思わなかったが、きっと空泉にとってはそれも策略の一つだったのだろう。さすがと言う他ない。

とりあえずそういう前提の下、皓月たちは浩然が一番焦る日程に帰省許可を出してもらうことにする。

――結局浩然に帰省許可が出たのは、待機を言い渡されてから三日後。年終わり二日前の夜だった。

日数を算出したのは大方空泉なのだが、そのときの表情は忘れられない。どちらが悪人なのか、と思わされるような悪辣《あくらつ》極まりない笑みをしていた。

もしも余裕を持って着きそうな日程だった場合は、妨害工作をすることも考えている辺り、抜け目がないというか何というか。

雨航はおそらく年終わりの日をその村で過ごすはずなので、馬を頑張って走らせれば、落ち合う予定日までになんとか間に合うかもしれない日程だ。さすがの浩然も、なりふり構っていられないだろう。

そしてその予想は的中し、浩然は珍しく慌てて待機解除と同時に屋敷から飛び出した。

ここまでくれば、皓月がやらなければならないことは残り一つだ。それも、さほど時間がかからない。

だから皓月が今やれることは、助けてもらった協力者たちを労《ねぎら》いつつ、仲間たちの活躍を信じてただ待つことだった。

あとは頼みましたよ、慶木。呉侍郎《ごじろう》。……主上。

皓月は自身が淹れた茶を妃たちに配りながら、遠くへ行ってしまった友たちの顔を思い浮かべた。

＊

範浩然は、焦っていた。

それはもう、ひどく。

だからこうして、供も付けず必死になって馬を走らせている。冬の乗馬は寒いので普段ならば絶対に馬車を使うのだが、今回は寒さなど構っていられなかった。

向かう先は白桜州で極秘に作り上げた、『無自覚な暗殺者を作る』ための村。そこで雨航と落ち合い、村を廃棄する予定だった。

浩然だけが関与しているのなら、ここまで念入りなことはしない。やるとしたら、この村で常駐している元官吏の監視役に文を一つでも渡して、早々に廃棄させていたはずだ。

しかしこうしてわざわざ自ら赴くのは、相手が雨航だからだ。彼は浩然と違い、他人を信用しない。だから村にある実験結果を記した証拠品などは自分の手できっちり確認してから消すし、目の前で一人残らず村人たちが死ぬのを見ないと、安心できないのだ。

面倒臭い男だと、浩然は思う。

元から神経質なところはあったがそれでも、五年前はここまでではなかった。それが変わったのは五年前、他人に現皇帝・劉亮を仕留めさせるように命じて、失敗してからだ。

あの日から、雨航は他人を決して信用しない。特に、慎重な判断が必要だったり、突発的に行動しなければならないことは、自分の手でやらなければ気が済まないらしい。

その疑《うたぐ》り深い性格もあり、雨航は予想より早く毒味役たちの身辺を調べ始めた珀優蘭が真相に辿《たど》り着かないよう、自らが都住まいの毒味役宅に赴き、外の州へ向かうように仕向けた。

そしてそれは浩然に対しても同じだ。浩然のこともまったく信用していないから、証拠をちゃんと処分するのを自分の目で確かめたいらしい。

浩然としては、ものすごく面倒臭い性格だと思う。が、それでも、浩然が好き勝手動くのには必要な人間なので我慢している。

だが、こんなふうに余裕なく馬を走らせることになったのは間違いなく雨航のせいでもあるので、そろそろ我慢の限界かもしれなかった。

今まで生きてきた中でここまで取り乱したのは、二度目だ。

一度目は、忌々《いまいま》しい孤児の娘が、理解できない形で死んでいったとき。

そう。范燕珠だ。彼女は浩然にとって、ただの駒だった。

――范燕珠を砒素《ひそ》漬けにして、暗殺の片棒を担がせる。

そんな妙案が浮かんだのは、遠い異国の地で世間を騒がせた愚かな貴族一家の存在を知ってからだった。

始まりは、『娘を美しくしたい』などというくだらないことを考えた母親だった。

そしてその娘は、自身が幼い頃から飲んでいる薬が毒だと知らず服用し続け、美しく白い肌を手に入れた。だが年頃になった彼女は、『この方法は秘密』だと言われていた両親と医師の言いつけを破って、その薬を友人に渡してしまったらしい。

そして、友人たちは死んだ。

毒を飲んで死んだ。毒だと知らずに死んだ。

しかも本人も、真実に耐え切れずに自殺したらしい。

浩然にとってあまりにも滑稽《こっけい》で可笑《おか》しい話だったが、そのときふと思ったのだ。

『上手《うま》くやれば、暗殺者だという自覚のない暗殺者を作ることができるのでは？』

我ながら、なんて名案だと浩然は思った。嫌いな人間を楽に殺せる上に、自身が信じていたものが足元から崩れて、そしてだんだんと壊れていく人間をいとも簡単に作ることができる。しかも、浩然自身の手でだ。

浩然は、自身の手で人が壊れていく様を見るのが大好きだった。

浩然とて、最初からそんなふうに生きていたわけではない。彼を拾って養ってくれた宦官がいて、その人に倣って人助けをしていたのだ。

だが、感謝されてもなんとなく満たされない。何かが足りない。

しかしあるとき、自分が幼虫のときから大切に育てた蝶《ちょう》の片翅《かたはね》をもいでその様を観察してみたのだ。すると不思議なことに、胸がいっぱいになって満たされていくのを感じた。

蝶は、翅をもがれてもなおなんとか生きようと足掻《あが》いていた。もう片方の翅を必死に動かして、細長い手足をばたつかせて飛ぼうとしていた。しかし当たり前だが、できない。

蝶の動きはだんだん緩慢になり、絶命した。

その様に、浩然は見惚《みほ》れた。

美しいと思った。最期の最期まで生き足掻いて死ぬ様は、あまりにも美しく尊い。同時に、胸が高鳴るような心地にさせてくれた。

それは、幼い頃に去勢されて性欲などを感じることがなくなっていた浩然にとって、初めての快感だったのだ。

あとはもう、転がり落ちていくようにのめり込んだ。

虫は犬や猫になり、犬や猫はあっという間に人間へと変わった。

正直、人間が一番面白かった。感情があるからだ。

虫や犬猫といった生き物は生存本能はあれど、予想外のことはしたりしない。だが人間はときに予想外のことをして絶望し、呆気《あっけ》なく転がり落ちて死んだ。

自分が触れなくても、言葉や間接的なものだけでも死ぬ。

そんなこと、人間でしかできない。

浩然はますますのめり込み、いつしか相手の心を声音や仕草で操れるほどの技術を身につけていた。

そんなふうに楽しんでいたときに考えついたのが、燕珠のような『暗殺者という自覚がない暗殺者』を作る方法だ。

自覚がない暗殺者、というのはいい。相手を殺してしまったとき、より深い絶望をしてくれるからだ。殺した相手のことを慕っていたらなおいい。

そう思い、浩然は燕珠を、これから先後宮へ上がるであろう貴族の姫の元へ侍女として働きに行かせた。

結果、浩然の策は大成功だった。

ついでに皇族も殺してしまおう、と言ったのは、浩然に資金的な援助をしてくれている工部《こうぶ》尚書《しょうしょ》・柳《りゅう》雨航だ。

正直、浩然は雨航のことなどどうでも良かった。しかし浩然の思いつく遊びは大抵金がかかる。歳《とし》を重ねていくごとに、長い目で見て結果が分かる策を思いつくことが増えたからだ。そのために野心家で、血筋の良い家系に強い劣等感を抱いていた雨航を誘ったのだが、これはなかなかに良かった。行動原理がはっきりしていることもあり、使いやすい。

そして雨航はどうやら、皇族全てを殺して新たな遠縁の皇族筋を皇帝に据え、自身が宰相として操る形で黎暉大国そのものを手に入れようとしているらしい。

その大それた作戦に賛同しつつも、浩然は内心舌なめずりをした。

頂点まで上り詰めたこの男が落ちぶれる様は、きっととても美しいです。

そのときを楽しみにしながら、浩然は雨航と一緒に皇族を次々殺害し、その罪を燕珠になすりつける形で幕引きを行なおうとした。

それなのに。

燕珠は、浩然に牙《きば》を剝《む》いた。

──浩然が持っていた雨航との契約書を盗み出し、あまつさえ脅しの材料に使ったのだ。

それは、浩然が雨航と協力体制を作るにあたり、互いのために交わしたものだった。二部作成し、その契約書がある限り互いに裏切らないようにした。

今の浩然には、必要不可欠なものだった。でないと資金源が断たれてしまう。だから、格下と嘲笑《あざわら》っていた相手の言う通りの場所、もう使われていない古びた枯れ井戸のところへ、真っ暗闇の中向かったのだ。

なのに燕珠は、呼び出した先で井戸に身を投げた。大事な契約書を持ったまま、だ。

後世まで伝わるほどのことをしでかしたとされる稀代《きたい》の悪女は、井戸に身を投げる前に言った。

『あなたが地獄《こちら》にいらっしゃるのを、楽しみにしております。──ざまをみろ』

鬼女のような壊れた人間そのものの顔をして、燕珠は笑った。

哄笑《こうしょう》だった。嘲笑《ちょうしょう》だった。

浩然のことを憐《あわ》れみながら、馬鹿にしながら、燕珠は自殺した。

とてもではないが、正気の沙汰《さた》とは思えない。

事実、燕珠という少女は、敬愛する主人と恋情を抱いていた皇帝を一遍に亡くし、原型も残らないくらいバラバラに壊れた。

普通の人間ならばそれで自殺して終わる。だが燕珠はあろうことか、復讐《ふくしゅう》心を燃やすことで自分をなんとか繋《つな》ぎ合わせ、浩然を脅かした。

脅かしたのに、燕珠は自死を選んだのだ。

何故《なぜ》。何故、何故、何故何故何故何故何故何故。

その行動に一体どういう意味があるのか分からず、浩然は怯《おび》えた。しかし燕珠が持っている契約書は回収せねばならず、浩然は仕方なく梯子《はしご》を使って中へ入ることとなる。

そして、浩然は燕珠の死に顔を見た。

首がぽっきりと折れた少女は、なおも嗤《わら》っていた。

そのときの恐怖は、口では言い表せない。

井戸から這《は》い出て梯子を持ち、一目散にその場を後にしたが、体にまとわりつくような恐怖心は決してなくならず浩然の心をぎりぎりと絞り続ける。

それだけでも耐え難いのに、『燕珠』の名前は後宮のみならず宮廷にまで轟《とどろ》いた。

そのおかしな女の名前を、浩然は二度と聞きたくなかったのだ。だから目につく限りでその名を口にしたものを、裏で殺させたり失脚させたりした。元から汚点があった人間を失脚させるのはとても楽だった。

その後、古びた枯れ井戸を埋めて全てをなかったことにする。

ここで燕珠に会ったことに関しては、黙っていればばれないし雨航も気にしない。それに雨航としては、殺し切れなかった第五皇子と珀家の次期宰相候補が無事に帰ってきてしまったことのほうが問題だろう。

彼の予想は違《たが》わず、雨航は昇進こそしたものの珀皓月に右丞相《うじょうしょう》——若手の中でも最も優秀な官吏だという証《あかし》を与えられた男に劣等感を募らせ、それはそれはもうひどい執着っぷりを見せた。この様子ならば、絶対に気づかれないだろう。

殺し損ねた第五皇子が想像より遥《はる》かに厄介だったのは想定外だったが、まあそれくらいならこれから時間をかければどうにでもなると思う。もちろん思い通りに事が進まなかったことは腹立たしかったが、脅威には成り得ないと浩然は判断して自身を落ち着けた。

だから、あとはあの理解できない女のことを未来永劫《えいごう》忘れてしまえばそれでいい。

それで良かったのに。

浩然は二度も、范燕珠に振り回されている。

幽霊という存在を信じたことは、今までだって一度もなかった。幽霊がこの世に存在して復讐をしてくるのなら、浩然は今頃何百回も殺されていたはずだからだ。だから頭では、誰かが何かをするために行なった狂言だということは分かっていた。

それでも燕珠の幽霊を恐れてしまったのは、彼女の哄笑と死に顔を昨日のことのように思い出せるから。

今まではなんとか忘れられていたのに、後宮内で名前が出ただけでこれだ。

「それもこれも、賢妃の毒殺が空振りに終わったからです……」

肌を突き刺すような冷えた空気を全身で感じながら、浩然はこれから死ぬことが決まっている少女——陶丁那《とうていな》に対して、ぶつくさと文句を言う。

まさか、丁那が予定通りに動かないとは思わなかったのだ。本当ならば、賢妃・史明貴を毒殺してから自白するはずだった。そのように命令したからだ。

丁那に詳細を話すのは大変不本意だったが、燕珠のようなことがまた起きては困る。浩然としても苦渋の決断だった。

丁那は最初こそ絶望し、そして怯えて嫌がっていたが、「これが無事に成功すれば、妹と一緒に普通の暮らしをさせてやる。もし逆らうようならば、妹を殺して首を届けさせる」と言えば言うことを聞いた。

やはり言うことを聞かせるためには、相手を恐怖で縛り付けることが有効だ。

そのことを改めて実感し、策が上手くいくことを確信したのにこれだ。ずっと後宮に居座り続けて迷惑だと思っていた明貴を排除できると喜び勇んでいたから、浩然の落胆はそれはそれは凄《すさ》まじいものだった。

優蘭を陥れることはできたが、正直言って大きな収穫ではない。というのも、優蘭の件は事後処理を行なうためのただの時間稼ぎで、本題は今から浩然が行なおうとしている証拠隠蔽《いんぺい》だったからだ。

……女だから、いけないのでしょうか。

思えば、浩然が厭《いと》う行動ばかり起こすのは、決まって女だった。燕珠はもちろんのこと、明貴と優蘭のことも正直言って好きではない。

明貴は子を流産させた段階で後宮から消えると思っていたのにしつこく居座り続け、しかも皇帝の庇護《ひご》下に置かれて手出しがしにくくなってしまった。この女が後宮から立ち去れば皇帝の心理に大きな打撃を与えることができただろうに、機会を逃してしまうとは。

そして優蘭は、浩然がじっくり時間をかけて壊そうとした紫薔と鈴春の仲を回復させてしまった。その後も大躍進を続け、後宮は花たちが己の茎や枝を伸ばして互いを侵食し合っていたときとは一変、美しい花園に変わってしまったのだ。

忌々《いまいま》しいことこの上ない。

たかだか女程度に自身が描いていた結末を覆されるのは、楽しいという感情よりも面白くないという感情が強かった。特に今は苛立《いらだ》ちが募っている故に、これ以上予測不能な事態が起きるとたまらない。

だから浩然は、一刻も早く燕珠との縁そのものを断ち切ろうと、こうして馬を走らせているわけだ。

「……本当に、なんなのです」

浩然は、視界が悪い中慣れないことをしなければならないことに苛立ちながらそうぼやいた。

どこへいっても、何をしても、范燕珠が付き纏《つまと》ってくる。

——利用しようとして失敗した。

——燕珠の代わりに丁那を御そうとして、これもまた失敗した。

——幽霊なんてくだらない噂《うわさ》が流れ始め、浩然のことを肉体的にも心理的にも煩わせている。

あれから五年経《た》つのに。確かに死んだのに。

何故燕珠は、こうも生々しく浩然の意識を侵蝕《しんしょく》していくのだろう。

そこで、浩然はあることを思い出した。

「あ、契約書……」

普段ならば決して証拠品を持たない浩然が、雨航との仲を保つために作った契約書。それが入った箱を、庭に埋めたままにしてきてしまったようだ。

浩然が不在の間に何者かがやってきても困るため、持ってこようと思っていたのだ。それなのに、すっかり忘れていた。自宅待機を解かれたのが、ギリギリ落ち合う予定の日までに間に合う日程だったのもいけない。

まあそのせいで、浩然はこんな惨めな格好で、雪道を馬で駆け抜けているのだが。

生まれて初めて味わう気持ちの悪い感覚に苛立ち、浩然は珍しく荒々しい口調で馬を急《せ》かして、なんとか村へと辿《たど》り着いた。

到着した頃には日もとっぷり暮れていて、夕焼け空に雪雲がいくつもかかっている。この天気の中、一度も雪に降られずに済んだのは奇跡だったかもしれない。

……やはり、わたしの強運もまだまだ捨てたものではありませんね。

馬を厩舎《きゅうしゃ》にくくりつけながら、少しだけ気分が良くなった。これから村が燃える様を見られると思えば、尚《なお》のことだ。

時間に厳しい雨航のことなので、きっと浩然の到着が遅れたことに関して何か言ってくるだろう。

そのことにげんなりしつつも、しかし馬に乗っていたときよりも落ち着いた気持ちで、浩然は普段から使っている小屋の扉を開ける。勝手知ったる我が家のようなものなので、いちいち許可などは取らない。

「遅くなりました、何か温かい飲み物をください」

だが浩然は、扉を叩《たた》く習慣を作っておけば良《よ》かったと後悔した。

「――ほう、温かい飲み物、とな？　何が良《い》いか。呉水景《すいけい》、何が良いと思う？」

「熱湯でもくれてやれば良いのではありませんか？」

「ははは。それでは火傷《やけど》をしてしまうだろう」

「そうでしょうか、郭将軍。自分がこれからやろうとしていることを思えば、それくらいの拷問生ぬるいかと思いますけどね」

「お、良いことを言うな、呉水景。うんうん、まったくだ」

「――――」

喉《のど》の奥から、悲鳴にも似た声が自然と漏れた。

しかしそれは、音という音にならない。寒さで喉が凍えているのか、それとも目の前の光景を見て思考が止まったからなのか。浩然にはもう分からない。

ただ言えるのは、本当ならいるはずのない人間が目の前にいるということだった。

吏部《りぶ》侍郎・呉水景。

禁軍将軍・郭慶木。

慶木に至っては、ここに常駐していた監視役の男たちと雨航を縛ってから積み上げたものを、尻《しり》に敷いて座っていた。その脇に、呆《あき》れた様子の水景が佇《たたず》んでいる。

水景は、浩然が使い捨てた男だった。年下の上司という存在にすさまじい劣等感を覚え落ち込んでいたから、手を貸したのだ。しかし浩然の予想通りにはいかず、彼はどういうわけかそのまま吏部侍郎でいる。何かしらの取引があったとは思っていたが、この場に出てくることは想定外だった。

それだけでも頭が痛くなるというのに、郭慶木ときた。武術の達人で、正直言って物理であれば勝ち目は零《ゼロ》に等しい。

おそらく今までの流れが彼らによる策略だろうとは思うのだが、寒さに当てられたからだろうか。頭が上手《うま》く回らない。普段ならばどういう思惑で動いているのか瞬時に判断して、適切な言葉を紡げたのに。

ただ、この場で一つ確かなことがあるとすれば、それは今すぐここから立ち去らなければならないということだ。

この村の存在がばれていて、そして慶木たちが待ち伏せをしていたという時点で、もうおしまいだ。念のために燃やそうと思っていた実験記録は未《いま》だに小屋の中にあり、備え付けられた蠟燭《ろうそく》の火がてらてらと中を彩っている。

完全に、失敗だった。何もかも。

そう思った浩然は、二人が楽しそうに談笑しているのをいいことに、小屋から勢い良く飛び出した。

「くそ、何故《なぜ》、こんなこと、にっ！」

寒さで痺《しび》れて動きにくくなっている体を、必死になって動かす。

先ほどまで紅《あか》く紅く染まっていた空が、紺碧《こんぺき》の夜色に侵食されていくのが見える。視界がより一層暗くなり、雪が足に絡みつき、数歩しか歩いていないのに息が上がった。

捕まりたくない。何より、死にたくない。楽しんでいたい。

自分は虐《いじ》める側で、それを傍観している側で、決して舞台の上には立たない存在だ。

なのに何故、何故、何故なぜなぜなぜなぜ。


どう、して。


そう叫ぶ浩然を嘲笑《あざわら》うかのように、いつの間にか背後にいた慶木が彼の背中を蹴《け》り飛ばす。浩然はそのまま、白銀の絨毯《じゅうたん》の上に滑り込むように転がった。

「うっ、ぁ……」

痛い。全身が痛む。何より冷たい。痛い。

そう思っていたのに、慶木は浩然をうつ伏せに寝かせると、素早く両手を後ろで縛り上げる。そして無理やり立たせると、言った。

「すまんな、範宦官長。貴様の休暇はおしまいだ。残念だな？」

その目は、まるで三日月のように細く、鋭く。浩然の存在を射抜いていた――

間章二　夫、決戦前に惑う

全ての真実を白日の下に晒《さら》せる算段がついたとき、皓月《こうげつ》の心中を占めたのは犯人たちに対する嘲《あざけ》りでも憎しみでもなく、「優蘭《ゆうらん》と今のまま一緒にいられる」という安堵《あんど》感だけだった。

優蘭が皓月の手を離れることで、幸せになれるならまだ良い。しかし今回は全くそんなことはなく、むしろ悪口を言われ、悪い噂をたてられ、陥れられる可能性のほうが高かった。

そんなこと、絶対にさせない。

そう決意して、今までの中で一番動き回ったと思う。

たくさんの人に支えられながら、情報をかき集めて。

唯一無二の双子の妹に助けられながら、女官として後宮を駆けずり回って。

一人きりの夜を、優蘭のことだけを想《おも》って過ごした。

優蘭を救いたい。救う。その一心だった。

あと一歩で、彼女を救える。

あと一歩で、彼女との温かい生活に戻れる。

そう思ったとき、皓月はあることに気づく。否、ずっと考えないようにしてきただけで、本当はもっと前から考えていたのだ。

麗月《れいげつ》は。麗月は、どうなるんでしょう。

ここ数ヶ月、ずっと都にいて、皓月の力になってくれていた双子の妹。本当は表舞台に出てこないよう、両親が必死になって隠してきた存在だった。

生まれも育ちも歓迎され、珀《はく》家唯一の男児で跡取り。

そんなふうに恵まれて育った皓月とは違う。いくら遠縁の親戚《せんせき》筋とはいえ、皓月が送ってきたなんでも手に入るような生活はしてこなかっただろう。

それに少なくとも、皓月は両親や他の姉妹たちからの愛情を一身に受けていた。それは、理由があったとはいえ家族の輪から外された麗月では、得ることができなかったものだ。

本当は心のどこかにずっとあったのに、優蘭と一緒にいることが幸せだから忘れていた。昔はもっと考えていた。だから両親が麗月に会いに行くときは必ず一緒に文を託して、交流を図った。

最初のほうは無視されたが、心境の変化があったのか麗月もだんだんと返事をくれるようになり、約二十年間、会ったことはないのに互いのことは知っているという不思議な兄妹《きょうだい》関係を続けていた。

そんなふうに続けてこられたのは、皓月と麗月が双子だからなのだろうか。文だけで、どうしてか繋《つな》がれているような気がしたし、彼女の感情が手に取るように分かった。

だから、思う。思ってしまう。

そんな妹のことを利用してきた自分が幸せになる価値は、あるのかと。

優蘭に本当の気持ちを打ち明けて、良いものかと。

思って、腹立たしくなって、自身のことを情けなくなりうなだれる。


そして皓月は、断罪のための舞台を開く前日に与えられた休みの日でも、そのことで思い悩んでいた。

一人居間の椅子に座り込み、考える。

ぱちぱちと、火鉢の炭が爆《は》ぜる音がする。

落ち着かない気持ちを鎮める意味でその音にじっと意識を向けていたら、後ろからするりと手が伸びてきた。

ぴた。

キンキンに冷えた何かが首に当てられ、皓月は声もなく飛び上がった。

慌てて立ち上がり後ろから距離を取れば、そこには満面の笑みを浮かべて「悪戯《いたずら》成功！」と言いたげな顔をしている麗月がいる。

久々に晴れたからか、雪で何かを作っていたのだろう。指先が特に赤い。先ほどの冷たいものは、麗月の手だったようだ。

「ふふ、驚いた？」

悪戯の仕方が完全に母親である璃美《りび》と同じで、皓月は親子の神秘というのを感じながらため息をこぼした。そして麗月のほうに手を伸ばし、自身の手を重ねる。

「こんなにも冷たくして……風邪でも引いたらどうするんですか」

「……皓月って相変わらず、変よね」

「何がですか」

「普通、怒るでしょ。なのにわたしを心配するのが先なの、変だわ」

「……なら、怒ったほうがいいですか？」

「いやでーす」

そう言うと、麗月は皓月の手からするりと逃げて火鉢のほうへ行き、手を温め始める。

まるで猫のように奔放な態度に、苦笑した。

麗月とこの屋敷《やしき》で一緒の時間を過ごしてから十日余り経《た》つが、不思議と家に馴染《なじ》んでいる。少なくとも、生まれてから一度も共に暮らしたことがないなどとは思えないくらい、二人は普通に食事を取り、会話をしていた。

不思議な感覚だった。もうずっと共に暮らしていたかのような気持ちになる。

今回だって、「雪で遊んでいたんだろうな」と手を真っ赤にしている姿を見て瞬時に分かった。

会話だってもっとぎこちなくなるのかと思ったが、普通に話ができている。

また男装をして『珀皓月』として過ごしているが、しっかり演じ切っているらしい。

文通をしていた際に『勉学が好き』だとよく言っていたので優秀なことは知っていたが、付け焼き刃とはいえ皓月がやってきたことをある程度こなしていると聞いたときは、ひどく驚いたものだ。

どうやら麗月は、割といい感じに劉亮《りゅうりょう》を操って仕事をやらせているらしい。会って数日で、劉亮が女性には強く出られないことを感じ取り、それを逆手に取っていいように手のひらの上で躍らせているようだ。逆に劉亮が「皓月、早く帰ってこい！」と悲鳴を上げていた。

麗月が妃嬪《ひひん》として後宮に入らず、よかったなと皓月は思う。皇帝をたぶらかし、政治を意のままに操る類いの傾国の美女になりそうだ。

それと同時に、やっぱり思ってしまう。

麗月は、わたしがいなければもっと自分の好きなようにやれたのではないでしょうか。

勉強が好きで頭の回転も速い。状況を瞬時に理解でき、また実行できるだけの瞬発力もある。

本当に皓月に生き写しだった。

なら、今のように黎暉大国《れいきたいこく》の辺境で生きていくよりも、もっといい道があったのではないでしょうか……。

そう思ってまたぼんやりしていると、いつの間にか目の前に来ていた麗月に額を指で弾《はじ》かれる。

皓月は目を見開いてパチクリさせた。

「麗月？」

「今、皓月が何を考えていたか当てるわ」

「え」

「『わたしがいなかったら、麗月はもっと自由に生きられたでしょうね』って、そう思ったでしょ？」

全くその通りのことを言い当てられてしまい、皓月は喉《のど》を詰まらせた。すると、麗月が肩をすくめながらため息をこぼす。

「答えなくていいわ。顔を見たら分かるもの」

「……あの、そ、の。麗月」

「謝ったら怒るからね。というより、申し訳ないとかも思わないで。……別に今のわたしの状況は、皓月のせいじゃないんだから」

皓月はしばし沈黙してから、恐る恐る口を開く。

「……もしかして、わたしの気持ちに全部、気づいてましたか？」

「当たり前でしょ。というより、文通をしてたときから気づいてたわ。皓月がわたしに対して、変な気遣いしてるってこと」

「う……」

「女官に化けるとき、わたしの名前使ったのも気遣いから？　わたしの名前を残したいとか、そういう」

「それは、その……一番、しっくりくる名前だったので……思わず」

本当に、大それた理由はない。本当に本当に、それだけ。女装をしたときの自分の名前として、一番しっくりくるから。それだけの理由で名乗った名前だった。

そう言えば、麗月は安心したらしい。「良かった。もし変な理由だったら殴ってた」なんて言ってから、向かいの席に腰掛ける。

今まで突っ立ったままでいた皓月も、おそるおそる腰を下ろした。それを見てから、麗月は口を開く。

「ほんとは、都に来てこんな話するつもりなかったんだけど。皓月が気にしてるみたいだから、今話すわ。──わたし、皓月のこと恨んでもないし憎んでもないし、不幸になれなんて思ってないから」

「……え……」

すべて見透かされた言葉に、心臓が大きく音を立てる。そんな皓月を見て、麗月は片眉《かたまゆ》を吊《つ》り上げた。

「皓月が、わたしと自分の扱いの差を気にしてることは知ってる。それを、自分のせいだって思ってることも」

「……実際、わたしたちは双子として生まれなければ、こんなことにならなかったでしょう？」

「そうだけど、でも皓月のせいじゃない。双子だからって理由で殺されるのがいけないのよ。それに……皓月がそのことを気にしてたら、わたしの存在そのものを否定することになるわよ」

皓月はぐっと喉を詰まらせる。言われてから確かに、軽率な発言だと思ったからだ。

そんな皓月に呆《あき》れつつ、麗月は言う。

「そりゃわたしだって、小さい頃は『なんでわたしだけ』って思ったわ。双子の妹に生まれたって理由で、どうしてわたしが親戚の家に預けられて、両親とも年に数回しか会えないんだって」

「……なら、今も恨んでいるのでは？」

「だーかーら。小さい頃の話だって言ったでしょ。今はむしろ、お父様とお母様の考えがよく分かるし、感謝しているわ。だって二人はいつだって欠かさず会いにきて、文だって定期的に送ってくれた。幼い頃は、わたしが納得するまで何度だって話をしてくれたわ。そんな人たちを恨めない」

「……麗月」

「それに。わたしが珀家を恨まなくて済んだのは、お馬鹿な双子の兄のおかげよ」

唐突に自分の名前を出されて、皓月は面食らってしまう。

すると麗月はしたり顔をして微笑《ほほえ》んだ。

「双子の妹なんていないものとして扱えばいいのに、皓月はいつだってわたしのこと、気にかけてくれたでしょ。わたしね、それが一番嬉《うれ》しかった」

「……麗月」

「馬鹿みたいに毎回文をくれて、わたしが返事をしなくてもまた送ってきて。最初は疎ましかったけど、それが段々わたしの存在証明になってた。わたしのことを忘れないでいてくれる家族がいる。しかも、双子の。……不思議と、細い糸で繋がっている気がしたわ」

そんなふうに思ってくれているなど、知らなかった。だからか、言葉もなくただ麗月の顔を見つめてしまう。

すると麗月は、気恥ずかしそうに顔を背けながらも口を開いた。

「わたしが勉強を頑張れたのだって、皓月に負けたくないから。となりにいない分、噂《うわさ》はたくさん入ってきたから、絶対に負けてやるもんか！　って思ったの。それに辺境では、知識がたくさんあればその分役に立ったから、わたしのことを認めてくれる人もたくさんいたわ。それはとても楽しかった」

「……そう言えばよく、文に書いていましたね。今日はこんなことに役立ったと」

「そうよ。知識って、学んでるときよりも実践できたときのほうが楽しいんだから」

そう笑う姿には、嘘《うそ》がない。麗月が皓月を気遣って言っているのではないことは、瞬時に分かった。だから余計ほっとする。

しかしその一方で、麗月は眉《まゆ》をひそめた。

「だからわたし、皓月が何回も結婚に失敗してるのを聞いて嫌な気持ちになった」

「……え？」

「だって皓月が……自傷してるみたいだったから」

「そんな、ことは……ないですよ」

「嘘吐《うそつ》き」

麗月の鋭い言葉が胸に突き刺さる。

彼女はなおも非難めいた目を向けながら叫んだ。

「珀家の男が一人の女性に執着する話は、わたしも知ってる。お母様から聞いたもの。でも同時にお父様からも聞いたわ。胸の隙間を埋めたいから、珀家の男は不思議と愛する人を探してしまうんだって」

「それ、は……」

「でも、皓月はそれをしなかった。無意識のうちに、結婚して幸せな家庭を築くことを拒んでた。幸せにならなくていいから、とりあえず次期当主としての役目を果たそうとしてた。……ねえ、それって、わたしに対して申し訳ないって思ってるから？」

「それ、は」

そう指摘され初めて、皓月は自身が『幸せにならないための行動』をとっていたことに気づいた。

愛する人と結婚して、幸せにならなくていいと思っていた。幸せになど、なってはいけないと思っていた。

なるほど、言われてみれば確かに、自傷をしている。自分で自分に剣を突き立てている。

すとんと胸に落ちるような感覚に陥り、皓月は混乱した。

そんな皓月に呆れながらも、麗月はすぐそばまで歩み寄り膝《ひざ》をつく。そして皓月の手を取りながら言った。

「皓月。奥さんに本当の気持ちを伝えられない言い訳に、わたしを使わないで」

「……麗月」

「幸せになってよ。そして見返してやるの。双子が不吉の象徴だって言った奴らに、わたしたちは双子だけどすっごく幸せです！　どうだ見たか、ざまを見ろ！　ってね」

そう麗月にはっきり言われて、皓月は笑ってしまった。

本当に、顔は似ているのに中身は真逆だ。そしてどこまでも珀家の女性らしい、芯《しん》の強さと逞《たくま》しさを併せ持っている。

麗月はやはり、珀家の人間だ。

そのことが何よりも嬉しくて、おかしくて。泣きそうになる。

同時に、麗月の言うとおりだと思った。

そうですね。わたしが馬鹿でした。

麗月に対する罪悪感を言い訳にして、優蘭にした告白を有耶無耶《うやむや》にしようとしていた。

あれが酔って思わず口にしてしまった言葉だったとしても本音なのに、なかったことにしようとしていた。

今のままの、形だけの夫婦で良《い》いと思っていた。

そんなの全部、自分に言い聞かせるための嘘だ。

本当は好きだと声を大にして言いたいし、愛してると言いたい。これから先絶対に離さないしそばにいる、何があっても守る。

そう、みっともなく。乞《こ》うように、祈るように、言ってしまいたかった。

なら、言うべきだ。もし断られたらそのときはそのとき。また考えればいい。

そう思えたら、不思議と気分が上向きになった。今まで感じていた不安が嘘のように溶けて消えていく。

そんな皓月を見て満足したのか、麗月はとなりに腰を下ろしながら言った。

「ほんと、馬鹿ねー皓月は。明日奥さん助けに行くのに、奥さんに対する想《おも》いがブレブレじゃ、いざというときに負けちゃうわよ？」

「そうですね。ありがとうございます、麗月。吹っ切れました」

「どういたしましてー」

少し抜けた感じで言う麗月の顔が、なんだか眩《まぶ》しく見える。

皓月は思わず目を細めた。

「麗月」

「なぁに？」

「珀家に仇《あだ》なす愚か者どもを徹底的に叩《たた》きのめしてきます。なので、応援してください」

皓月らしからぬ言葉に、麗月はぷっと噴き出す。

彼女は大笑いをしながら、大きく頷《うなず》いた。

「もちろんよ、お兄様」

第六章　夫、協力者たちと共に裁きを下す

年明けの三日目。

本来ならばもう仕事をしている日に、工部尚書《こうぶしょうしょ》・柳雨航《りゅううこう》は何故《なぜ》か玉座の間にいた。

しかも、いる場所がおかしい。本来ならば催事の際は他の高官と同じく、玉座から続いていく紫色の絨毯《じゅうたん》の上ではなく、その両脇に分かれるようにして佇《たたず》む立場だった。

そう、だから、今のように。

みすぼらしい衣に身を包み、髪もまともに結わせてもらえず、両手を枷《かせ》で拘束され、両脇を武官に固められた状態でここに入ってくることなど、まずあり得なかった。

あり得ては、ならないはずだったのだ。

呆然《ぼうぜん》としながら、雨航は玉座へと続く道のりを歩かされ、階段の前で無理やり膝を突かされる。そして、その先にいる人を見上げた。

――皇帝・劉亮《りゅうりょう》。

皇帝しか着られない紫紺色の衣を身にまとい、腰に紫翡翠《ひすい》の玉をつけている。寛《くつろ》ぐようにして玉座に座る姿は尊大かつ自信に満ち溢《あふ》れていて、一片の隙も感じさせない佇まいだ

った。それが眩しくてたまらない。

雨航が辿《たど》り着きたい、と思い虎視眈々《こしたんたん》と狙っていた場所だ。

だがそこよりも、雨航が望んでいた場所がある。

それは、皇帝の右側。――右丞相《うじょうしょう》のみが許された位置だった。

そこには今日も、雨航が最も忌むべき人物が控えている。

右丞相・珀皓月《はくこうげつ》。

名実ともに恵まれ、あの位置にいることを誰よりも望まれた男。

若手で一番優秀で、しかも先代皇帝の宰相をしていた珀家の長男だ。大貴族の長男、宰相の息子。しかし決して驕《おご》らず着実に成果を残し、当初は最も継承権が低かった第五皇子のお目付け役だった。

可哀想《かわいそう》だと思ったのを、今でも覚えている。出世の道を外れたからだ。しかもよりにもよって、留学先にまで一緒に連れて行かれるなんて。

これから死ぬはずの人間のとなりにいるなんて、出世どころではないね。

そう思いながらも、だが雨航は皓月が死ぬことを望んでいた。

何から何まで、目障りだったからだ。

それなのに今こうして目の前にいるのは、第五皇子を殺すために起こそうとした戦争が、無能な人間たちのせいで起こせなかったからだ。

だからそれから雨航は、他人に重大な仕事を任せることをやめた。

そう、やめたのに。なのに。

――どうしてわたしは、こんな場所にいる？


そもそも、雨航が「白桜州《はくおうしゅう》の村を焼いて証拠を隠滅しよう」と浩然《こうねん》に言ったのは、珀家を貶《おとし》める作戦が見事失敗に終わるであろうと、珀優蘭《ゆうらん》の動きを見ていて確信したから。

伝えたときのことは、今でも覚えている。

時は今より少し前、紫金会《しきんかい》の前日。この季節にしては目障りな雪が降らず、気持ちのいい晴れ間が覗《のぞ》いていたからだ。

その上あの範《はん》浩然が珍しく顔を引くつかせ、「本気ですか？」と言ってきたため記憶に残ったのだろう。

薄っぺらい笑みを貼り付け、人を食ったような言い方ばかりするこの男がこんな人間らしい顔もするのかと、妙に感心したものだ。

かと言って、雨航の考えは変わらない。一つ頷き、理由を簡潔に述べる。

「もちろん、今回あなたが後宮内に潜入させた少女は使う。彼女を使って賢妃《けんひ》を殺すんだ。そうしたら皇帝にも傷を与えることができるし、今回の件を邪魔してくれた珀優蘭を陥れることができる。内侍省《ないじしょう》長官という駒を失った報復にはもってこいだろう？」

「そう、ですが……しかしあのまま村を運営していけば、邪魔な貴族たちを殺すための強力な武器になるはず。それをこうも簡単に手放してしまうのは、あまりにも惜しいかと……」

わたしが食いつきそうな耳障りのいいことばかり言っているが、結局は自分の好奇心を満たしたいだけだろう。

言い訳を並べていく浩然に対して、雨航は思わず冷めた目を向けた。

この男の行動理念はいつだってそこで、別に雨航のことなど考えてはいない。

そしてそれは、雨航も同じだった。自分のことしか考えていない。だから自分の首をこれ以上絞めないためにも、悪い芽はさっさと摘み取る。これを、ずっと信条としてきた。

なので徹底的に、浩然の意見を潰《つぶ》すことにする。

「確かに自覚のない暗殺者というのは都合がいいが、何度も使えば誰かしらが類似点に気付くよ。そしてそれは、賢妃を殺した件に繋《つな》がってしまう。そうすれば、わたしたちに捜査の目が向く可能性が高くなる。やり口がひねりすぎているからね」

「…………」

「もしあれが見つかれば、わたしもあなたもただでは済まないよ。あそこには実験結果などもも置いてあるからね。なら早々に処分してしまうほうがましだ。幸いこの時期は火の不始末による火事も多い。……あなたとて、引き際くらいは心得ているよね？」

　そう言えば、浩然は渋々了承をしてきた。

　そもそも浩然は、雨航に意見する立場にない。雨航の後ろ盾や金銭などがなければ、彼は自分で資金のやりくりを考えなければならないからだ。

　それが嫌で雨航と結託しているのだから、今更逆らう気もないだろう。

　だが自分が作った玩具《おもちゃ》がこうも成果を残さず終わるのは嫌だったらしい。雨航の作戦に追加する形で、さらに良い案を提示してきた。

　それは、珀優蘭をより一層深い位置にまで落とせる作戦だった。

　相手の動き方にもよるが、上手《うま》くいけば珀皓月も道連れにできるかもしれない、と浩然は言う。

　聞いた感じだと、珀皓月が珀優蘭に対して強い思い入れがないと成功しないように思えたため可能性は低いだろう。ただ、それをしたところで雨航が困るわけではなかったので許可した。

　それに。

　あの珀皓月が、愛を貫いて失脚するなんて。見てみたいじゃないか。

　雨航は、珀皓月が大嫌いだった。自分とは真逆の存在だからだ。

　──雨航は、下級官吏の息子だった。平民と比べればいい生活をさせてもらったが、環境はそこまで整ってはいなかった。

父の持つ書物はそう多くなく、自分の小遣いで買えるのも限られている。だから何度も同じ書物を擦り切れるくらい読み、時には媚《こ》びを売って高名な師の下で弟子にしてもらえるように努力した。

他人よりも上にいけるなら、なんだってした。悪い噂《うわさ》を流したり、友人のふりをして秘密を握ってそれを貶めたい人に売ったり。

それが悪いことだとは思わなかった。自分よりも恵まれた生活をして、恵まれた立場にいるのだから、それくらいは普通だ。その結果、なんとか無事に科挙に受かり、官吏としての地位を得たのだ。

しかし、雨航は運がなかった。

功績を認めるどころか横からかっさらっていくような上司にばかり当たり、苦労し続けた人間だった。それもあり、出世するのが遅くなってしまった。

それでも、雨航は決して諦《あきら》めなかった。媚びを売りつつ下手に出て、相手を油断させて色々な情報を摑《つか》むことにしたのだ。

その甲斐《かい》もあってなんとか無事出世できる道に戻ることができ、雨航は安心していた。

その頃にはもう若手と言える年齢ではなくなっていたが、構わない。まだまだ上にいってやるという気概はあったし、その実力が自分には備わっていると自負していたからだ。

だからいずれは、右丞相は無理でも左丞相《きじょうしょう》くらいなら、と。そう、思っていたのに。

――珀皓月が、現れてしまった。

珀皓月は代々の名家で、親も高官だった。横の繋がりも持ち合わせている。

それだけでも忌々《いまいま》しいのに、皓月には才能があった。頭脳明晰《めいせき》、人当たりも良く他人に好かれやすい性格だったのだ。

その上、同じ州で生まれたというのも悪かった。それだけで事あるごとに比べられ、優秀な後輩をお持ちですね、なんて笑われ。自分の不出来さを周りから指摘されたからだ。

腹癒《はらい》せに、唯一の欠点ともいえる女運のなさを広めてやろうと『疫病神』という単語を密《ひそ》かに広めてやった。だが、それも珀皓月らしさと取られ美徳のように扱われてしまうのだから、たちが悪い。

これが、持って生まれた者と持たざる者の差だ。

そう突き付けられているような気がした。

――そう、だから。

珀皓月に少しでも傷痕《きずあと》を残せるのなら、そちらの作戦を取る。

その上、宮廷内の目を珀優蘭関係の出来事に向けられるというのも良かった。村の処分が成功する確率が、格段に上がるからだ。

＊

その作戦が崩れ始めたのは、雨航が帰省した後に浩然から文が届いてからだ。

「……は？　後宮に悪女の幽霊が出た？　なんだい、それは」

文の内容は、最初から現実味が薄いものだった。

何故今更、『范燕珠《はんえんじゅ》』の件が持ち出されているんだ。

あれは五年も前に起きた一件で、もう片が付いたはず。誰かがわざと噂を流して面白がっているのだろう。迷惑なことだ、と雨航は思う。

それだけならば、雨航も笑って流せたであろう。だが読み進めていくうちに、事態はもっと深刻になっていることを知った。

「……悪女の幽霊が、皇族を殺そうとしている？　そんな馬鹿な！」

しかし、宮廷ではそれが信じられ、挙句当時宮廷にいた官吏たちの屋敷《やしき》まで調べられる事態にまで発展しているという。

――何故そんなことに……！

そう思ったが、范燕珠の凶行によって皇族のほとんどが死んだとされた後、彼女のことを調べようとした者や悪口を言った者……とにかく燕珠関係のことを口走った人間が、次々と死去したり失脚したりするという事件があったことを思い出す。

あの当時を知っている官吏は、未《いま》だ多く宮廷に在籍していた。

なら、あの当時のことを思い出して怯《おび》える者たちは多いことだろう。

雨航は文をぐしゃぐしゃに握り締めながら歯を食いしばる。

「範浩然、貴様のせいで……！」

当時の一件を範浩然が行なっていたことは、本人から聞かずともなんとなく分かっていた。付き合いばかりは長いので、それくらいは把握できる。

だが邪魔な人間や雨航のことを馬鹿にした人間たちがその中に混ざっていたため、まあいいかと流していた。

それがこのような形になって返ってくるなど、誰が予想できただろう。

そうは頭で分かっていたが、範浩然が無駄なことをしたのは事実だった。なので怒りの矛先があの男に向く。

しかも、念には念を入れたいと言った御史大夫《ぎょしたいふ》のせいで、宮廷にいなかった官吏の都にある屋敷内まで調べるつもりだという。

怒りを向けるなというほうが無理だった。

誰がこのようなことを……！

考えられるものとしては、本当に皇族を狙っている一派の仕業という線だ。雨航たちが仕組んだ一件に乗じて騒ぎを起こした、というのはあり得る。

同時に、雨航の脳裏に一人の幼子の姿が浮かぶ。

――皇族を狙っているということは、もしかしたらあの坊やも狙われる？

傍系とは言え、ちゃんと皇族血縁図を見れば載っている存在だ。忘れたであろう人は多いだろうが、身の危険がないとは言い切れない。

特に雨航は、この少年のことを殊更大切に扱っていた。雨航にとっては有益な道具なのだ、ここまできて壊れてもらっては困る。寺に顔を見せるつもりはなかったが、この際だ。安全確認をするついでに、様子を窺《うかが》いに行くのはありだろう。

雨航は実家から香岩寺《こうがんじ》までかかる日数を逆算し、また香岩寺から白桜州の村に向かうまでにかかる日数と進路を頭の中で叩《たた》き出す。

途中途中で馬を乗り換えたり、安い宿に泊まったりすることにはなりそうだったが、当初の予定通りに白桜州の村へ着く算段はつけられそうだった。

問題点を挙げるのであれば、浩然が間に合うかどうかだろう。都でかなりの足止めが予想できるので、もしかしたら予定日に来られないという可能性があった。

が、もしそうなったとしても、待つつもりは毛頭ない。もし間に合わなかったとしても、村は実験結果の資料やその他の諸々《もろもろ》と一緒に燃やす。それは、雨航の決定事項だった。

香岩寺は特に問題なく、道中も雨航の予定通りに進む。

だから雨航は、自身の明るい未来というものを確信していた。していたはず、なのに。

——一体、どこでどう、何を間違った⁉

雨航は、自身がこれから断罪されようとしている場面を他人事《ひとごと》のように眺めながら、心の中でそう叫んだのだ。

＊

時は戻り、現在。

年明け三日目にして急遽《きゅうきょ》開かれた集会には、全ての官吏が例外なく召集された。

理由は、皇帝殺害を企《たくら》んだ人間を捕まえたから。しかもその人間というのが、現政権における重鎮であったためだ。

だからこそ、年明け三日目などという、本来ならばみな休暇を楽しんでいる状況下で呼び出しをした。この時期は風習的に死刑の執行も行なわれないので、事の重大さがその時点で窺える。

その上で、工部尚書・柳雨航と宦官長《かんがんちょう》・範浩然が罪人の服を着て、しかも手枷《てかせ》をされて現れたものだから、場はさらに騒然と化した。

玉座の前に罪人二人が膝《ひざ》を突くと、緊張感はより一層高まる。

しかも場には何故《なぜ》か、現在軟禁中とされている健美省《けんびしょう》長官・珀優蘭もいるではないか。

聡《さと》い人間ならばこの段階で、この二人の罪人の一件と珀優蘭が疑われていた一件に関連性があったのではないか、と気づくだろう。それもあり、緊迫感がどんどん高まっていく。

重苦しい静けさが玉座の間に広がる中、皇帝・劉亮の言葉と共に集会が始まった。

「このような時期に呼び寄せたこと、そしてそのわけを、賢いそなたたちならば理解できておろう。――そう、なんとも嘆かわしいことだが、余を亡き者にしようと企んでいた者たちがいたのだ」

劉亮の満面の笑みにより、誰しもが震え上がる。しかも続く言葉には、彼らしからぬ怒気が滲《にじ》んでいた。

「その上、余の寵臣《ちょうしん》である珀優蘭をもはめようとし、あまつさえ余の花である賢妃までもを手折ろうとした。その罪は重い。……それがどういうことか、皆にも分かろう？」

ヒッと。どこかからわななくような悲鳴が聞こえる。

それを知って労《いた》わろうとしたのか、それともさらに煽《あお》りたいのか。劉亮は笑みを深めながら言った。

「何、畏《かしこ》まることはない。ただ黙って聞くが良い」

それを傍らで眺めていた皓月は、相変わらずの手腕に内心舌を巻いていた。

本当に、人を脅かすのが上手《うま》い方ですね……。

開幕の合図は余が出す――そう、皓月に告げたときからこうなることは分かっていたが、効果てきめんだ。場が凍り付いている。

緊張感が漂う独特の静けさの中、断罪者の一人である皓月は断罪式の進行役として声高らかに話し始めた。

「まず、今回犯行が明るみに出たきっかけでもある珀優蘭に関する調査結果から報告させていただきます。――皆様も知っての通り、健美省長官たる珀優蘭には、賢妃様暗殺未遂容疑がかかっておりました。これにより、わたしたちは陛下の命を受け特別に内部調査班を設置。刑部《けいぶ》、御史台《ぎょしだい》とはまた違った角度から、事態を調査した次第です。結果、恐るべきことが判明いたしました」

そこまで言ってから、皓月は空泉《くうせん》に目配せをした。彼は嬉《うれ》しそうにその合図を受け取ると、ノリノリで話を始める。

「わたしたちはまず、今回の賢妃様暗殺未遂容疑と、紫金会より前に起こりました賢妃様暗殺未遂を含めた『後宮内連続毒殺偽造事件』。これらに関連性があるかどうかを確認するための調査をしました。どちらの標的にも賢妃様がいらっしゃいますから、当然ですよね」

多分に含みを感じる言葉だが、空泉が言うと絡みつくような重みに感じられる。

空泉は目を三日月のように細めながら、雨航を一瞥《いちべつ》した。

「すると、驚くべきことが判明しました。──その際に、都にいた元毒味役たちを別の州へ向かわせた犯人と思《おぼ》しき人間が、こんな物を落としていたことが分かったのです」

空泉はそう言ってから、ものすごく嬉しそうな顔をして純白のお守りを掲げた。銀糸で刺繡《ししゅう》された柊《ひいらぎ》と茉莉花《まつりか》が咲くお守りだ。

それを見た雨航が目を見開き、それを隠そうとしてか俯《うつむ》く。

彼にとっての不幸は、その落とし物に今の今まで気づかなかったことだろう。物に愛着がないのだろうか。事実は本人にしか分からないが、そこに柳雨航という一人の人間の本性が現れているような気がした。

もちろん、それを空泉が見過ごすはずもない。彼は口角を吊《つ》り上げると、わざとらしい言い方をする。

「皆様も知っての通り、お守りには寺院ごとに使われる布の色や刺繡されているものが違っています。そしてこれは、純白。この時点で柊雪州《しゅうせつしゅう》のものですね。そして柊に茉莉花。調べたところ、これは琉條《るじょう》の香岩寺という寺院のものでした。またご丁寧に、中の符にはお守りの効果を高めるために渡す相手の名前を書くこともあるそうで。特に、僧侶自身が懇意にしている相手には、そういう処置を取ることもあるようです」

長々とした前置きをするのは、そうやって一つ一つ説明することで犯人の反抗心を折るためだ。

真綿で首を絞めていくように、ゆっくり、ゆぅっくりと。

空泉は雨航を追い詰めていく。

陰湿だがとても効果的なやり口に、雨航本人だけではなく見守っている官吏たちまでもが顔を青くして全身から脂汗を滲ませていた。

皓月は改めて、この男を敵には回したくないな、と思う。同時に、この技術を身につけることができたらこれから役に立つだろうなと思い、空泉の一挙一動を余すことなく記憶に刻もうと見つめる。

その一方で、となりで借りてきた猫のようによそ行きの笑みを浮かべて佇《たたず》んでいる、優蘭のことが気にかかった。

劉亮の許可を得てやってきた優蘭は、郭《かく》家でも丁重に扱われていたらしく顔色が良い。しかし軟禁明け早々こんな場面に遭遇して、緊張していないわけがなかった。

その証拠に、笑顔だが口端《くちのは》が少しひくついている。「知らない間になんだかとんでもないことになってる」という顔だった。

それを安心させるべく、皓月はそっと優蘭の襦裙《じゅくん》の袖《そで》を隠れて握る。彼女は目を丸くして皓月を見たが、彼はそれに気づかないふりをした。

すると空泉が、階段を一段ずつ下りながら締めに入る。

「さあ、このお守りに刻まれていた名前は、どなたのものでしょう？」

かつん。

「工部尚書・柳雨航殿。あなたのものです」

かつん。

「さらに驚くべきことは、このお守りを作っている寺院」

かつん。

「なんと、陛下の遠いご親戚《しんせき》の方がいらっしゃるとか」

――かつん。

沓《くつ》音を響かせながら、空泉は畳み掛ける。

そして空泉は、ぶるぶる震えながらも起拝の礼をとり続ける雨航の目線に合わせてしゃがむと、声音を低くした。

「柳尚書。あなたがかの方の後見人だとか」

「それ、は」

「ああ、安心してください。何も仰《おっしゃ》らなくていいのですよ。ここまで証拠が揃《そろ》っていれば弁明の余地などありませんし、それに徐《じょ》尚書の話によりますと、あなたは尚書に就任してからずっと、工部の資金を着服していらっしゃったようで。しかもその資金で砒素《ひそ》を買い、暗殺者をお作りとは恐れ入ります」

「ああ、暗殺者っ？　一体なんのことでしょう……」

流石《さすが》に聞き捨てならなかったのか、雨航が声を震わせながら抗議の言葉を述べた。

村の存在がこちらにも把握されて明るみになっているというのに強気なのは、その事実を知っている人間が自分と浩然だけだと思っているからだろう。

事実、意外なことに村を運営していた監視役たちは、村で何が行なわれているのかをしっかり把握はしていなかった。

ただ、定期的に届く薬を必ず村人に服用させること。村人たちの様子を観察して、記録に残すこと。決して村の外には出さず、必需品などは監視役たちが買いに行くこと──といったかなり怪しい仕事内容だったが、明言していなかったのだ。

なので怪しいとは思っていたが、その点を詮索《せんさく》しないことも含めての高額報酬だったこともあり、実態を詳しく把握している人間は一人もいなかった。

もしものことを考えたのか、それとも慎重なのかは分からない。ただそのように、日々悪事が暴かれないような対策を講じてきたからか、雨航の自信は絶対だった。

だが、雨航は一人、大切な存在を忘れている。

「証拠？　証拠ならございますよ」

空泉はそう言って、片手を挙げる。

そうして刑部尚書・尹露淵《いんろえん》に連れられて現れたのは、一人の少女だった。

可愛《かわい》らしい見た目をした、十四歳の元女官だ。

黒髪を三つ編みにしてそれをお団子にし、まとめている。今にもこぼれ落ちそうなほど丸い漆黒の瞳《ひとみ》には、以前とは違い確かな意志が存在した。

陶丁那《とうていな》。

そこにいるのは、以前の人形のような少女ではない。血が通って感情もあって。そしてこれから、自身の理不尽な運命に抗《あらが》おうとする、強い勇気が滲んでいた。

丁那は、今にも泣き出しそうなほど目を潤ませながらも、唇を戦慄《わなな》かせて言った。

「わたし、は」

黒曜石色の瞳から、雫《しずく》が溢《あふ》れる。

「わたし、は！」

白く美しい頬を伝ってたくさんの涙が落ちていくが、丁那は拭《ぬぐ》うことはしない。だから彼女の衣も足元も、涙でぬれていった。

しかしそれにかまうことなく、丁那はどんどん声を張り上げ、言う。

「この人たちに！　人殺しにさせられ、まし、た──ッッッッ!!」

幼い少女の絶叫は、玉座の間全体に響き渡った──

皓月たちが一体どういう経緯で陶丁那にこれまでの証言を覆させ、彼らを断罪の舞台に引き摺《ず》り出したのか。

それは、今より過去に遡《さかのぼ》る。

作戦の決行は、雨航が白桜州の村にやってきたときから始まった。

＊

——慶木《けいぼく》と水景《すいけい》は、そのときをずっと待ち侘《わ》びていた。

劉亮から命令を受けてから今の今まで、ずっと監視を続けてきたからだ。

慶木は部下と交代で監視任務を終えると、例の村のほど近くにある村に戻ってきた。

天幕を張って近くで野宿する手もあったのだが、火を起こすことになるのでどうしても煙が上がる。それは、村のまとめ役に警戒させる理由になってしまう。だから近隣の村の空き家に適当な理由をつけて泊まる、という方法を取ることにしたのだ。

金銭を多めに握らせておけば、こういうところの人間は口を割らないので本当に助かるな、と慶木は思う。扱いやすいのは良い。

帰ってきた慶木を出迎えたのは、共に連れ立ってきた水景と、慶木に古くから仕えている郭家の従者、慶木が在籍している禁軍《きんぐん》の側近数名だ。他にも周辺の村などに、旅人として数人ずつ置いて、何かあったときは連絡を入れるようにしている。

彼らに向かって、慶木は真面目な顔をして告げた。

「近隣に送っていた連絡係からの知らせだ。柳雨航がすぐ近くまで来ているらしい。馬であと二日といったところだそうだ」

それを聞いて声を上げたのは、吏部侍郎《りぶじろう》・呉《ご》水景だった。

彼は飲んでいた茶を一度置きながら、にっこりと微笑《ほほえ》む。

「気持ちの悪いくらい、江《こう》尚書の予想が当たっております。やはり、村を燃やす予定日は二日後で間違いなさそうですね」

「そうだな。本当に気持ちの悪いことだが、ここまで正確に当ててくるといっそのこと清々《すがすが》しい。何があっても万全の態勢で挑めるように行動してきたが、それもないようで何よりだ」

そう。雨航は空泉の予想通り、年終わりの日に例の村へやってくるのだ。

そこから余裕をもって、遠回りをしながら二日かけて都へ。柊雪州に繋《つな》がる関所を抜けて都の実家で一日休息をし、新年三日目から仕事に復帰する……というのが雨航が定めた今後の予定だろう。

まあその予定も、こちらで勝手に変更させてもらうが。

そう思いながら、慶木は部下たちに厳戒態勢を組むように言う。

村に動きがあったのは、それから二日後の朝だ。

村のまとめ役である元官吏たちが、何やらごそごそと動き始めたからだ。

その様子を、近くに設置してあった天幕の中から確認した慶木たちは、彼らが恭しい態度で馬上の人物を迎え入れる姿を確認する。

防寒のために顔を覆っていた布を外せば、見知った顔が現れた。

工部尚書・柳雨航だ。

そもそも、この村にやってくる人間はそう多くない。監視役を交代しに来た元官吏、道に迷った者、旅人、また中継地点として村に泊まりに来た商人くらいだ。なので来るなら雨航だとは思っていた。

しかしここで人違いをするわけにはいかない。慶木の信用だけでなく、部隊全体の士気にも支障が出てくる。

だから念には念を入れて確認したのだが、どうやらそれも杞憂《きゆう》に終わったらしい。

慶木は一つ息を吐いてから、部下たちに手で合図を出す。それを受けた部下が近くの部下と共有。そう言った伝言形式だ。

そして全員に合図が行き渡ったところで、予定通り行動を開始した。

今日この場にいるまとめ役は、合計で十人だ。雨航を入れれば十一人ということになる。

今まで確認した元官吏は全部で十人だったので、どうやら総出でかかっているらしい。

水景の情報によると全員文官で、なんらかの理由があって退職した者たちだという。退職理由は主に素行の悪さが原因だった。

今回も簡単な仕事で高い給金といった部分に惹《ひ》かれたのだろう。いや、雨航や浩然がわざわざそういった人選をしたというほうが適切か。

そんな彼らに呆《あき》れながらも、慶木は村全体に部下を行き届かせ機会を窺《うかが》う。

狙うのは、監視役たちの巡回時間だ。

どうやら二人一組で動いている彼らは、定期的に見回りをする。時刻としては大体一刻《二時間》おきといったところか。

村自体は大きくないが、雇い主の性格からか同じ時間に二組ほどが、お互い違う道筋で村をぐるりと見回っていく。

今日は厳戒態勢を敷いているのか、三組いた。

見回り、といっても、武術の心得などほぼほぼない者たちだ。そのため村人たちを監視している感じはしない。村人たちが起きている間は話しかけたり世間話をしたり、時には遊んだりと自由にやっていた。

そして村人たちも、幼少期からそれが当たり前だったから、普通ならおかしいと思うこともない。年齢が高くとも、陶丁那と同じくらいの少年少女が一番上なようだった。監視を続けて数日間経《た》ったため、それくらいは把握している。そしてそろそろ村人たちが起きてくる時間ということも分かっていた。

なので早々に片をつける。

慶木は部下たちに、巡回の三組を押さえるように指示を出した。

人の意識を刈り取りつつ、生きたまま捕らえるのは結構難しいが、しかし彼らは歴戦の戦士だった。それくらいの技術は持ち合わせている。また今回は二人一組、計十組が村を囲っていて、数では圧倒的に有利だった。

それにおいそれと負けるなど、彼らの誇りが許さない。足場が悪くともやってくれるだろうと信じ、慶木は自身も相棒の部下を引き連れて村との距離を詰めていく。

……さて。残り五人か。

五人はどうやら、普段から使っている小屋にいるようだった。

窓の死角から足音を忍ばせ近づけば、中から声がする。どうやら、小屋はさほど防音性に長《た》けた作りにはなっていないようだ。

『ここは処分するから、ここにある書類もまとめておけ。絶対に個人を証明するようなものを残すな』

聞き覚えはあるが普段とは違う口調が聞こえてきた。

柳雨航のものだ。

派閥は違うが、誰に対しても穏やかで丁寧な物腰をしている人だと思っていたが……まさか、本性がこれとはな。

恐らくだが、彼が求めていたのは新しい文化を取り入れ国を良くしていこうといった考えではなく、そのほうが自分の都合に合っているから、派閥に属していたのだろう。もしくは、古臭い貴族社会の因習が嫌だったか。

どちらでも構わない。だがそれで劉亮と皓月を害そうとしている思考回路が理解できなかった。

そう。慶木は怒っていた。唯一無二の友人たちを殺そうとしたのが彼らと同じ派閥の人間で。しかもその理由が私利私欲である可能性が高いことに、心の底から憤慨していた。

それもあり、いつも以上にやる気が出ている。

しかし武人に私怨《しえん》は必要なし。あると技に感情が乗って直線的な動きが増え、相手に勝機を与えてしまう。そのようにして育った慶木は、深呼吸一つの後に全ての怒りを腹の奥底に沈めた。

怒りは原動力だ。湧いたのであれば、適度に宥《なだ》めて飼い慣らせ。ものにしろ。

「……さて。中にいる奴らを、外におびき出すか」

そう呟《つぶや》いた慶木の声音にはもう、怒りなどこれっぽっちも滲《にじ》んでいなかった。

慶木は、手っ取り早く燻《いぶ》して中の人間たちを外に出すことにした。

中には彼らが資料と言っていたものがあるため、こちらが中へ入る前に燃やされでもしたら全ての作戦が水泡と帰すからだ。

幸い、この小屋は壁が薄い。直《す》ぐに壊せそうだった。

その隙間に持ってきた煙玉を投げ込めば、中が燻される。人間というのはそういうとき、本能的に外へ出るものだ。もしくは窓を開けるか。今回はそれ以外に出口と言えるものはないので、その付近にいればいい。

というわけで、慶木は部下に扉と窓の付近で待つように指示した。

そして手っ取り早く小屋の隙間をこじ開け、慶木は煙玉を投げ込む。それから窓付近に自身の相棒と待機した。

少ししてから中がざわついたと思うと、バンッという大きな音がして一番に扉が開いた。

出てきたのは、監視役の一人だ。それから一人二人……と次々に外へ出てきて、情けない顔をしている。計四人、監視役は全て出てきたようだ。

そちらは直ぐに部下が対応したので、慶木は残りの一人がどう動くのかを身をひそめて待ち受ける。

「馬鹿！　扉から出る奴があるか！」

雨航の声だ。するとほぼ同時に、窓が大きく開け放たれる。

その下で潜んでいた慶木は、上を見上げた。

そこには焦り顔を覗《のぞ》かせた雨航がいる。その顔には疲れが滲んでいて、道中は相当大変であったことが窺えた。

同時に、思う。

――あ、この位置は良《い》いな。

そう内心笑みを浮かべた慶木は。

窓にかかっている雨航の手を摑《つか》んで、勢い良く外に投げ出した。

――まともな受身すら取れず外に投げ出された雨航は雪の上に滑り込むと、そのまま情けなく気絶したのだった。


水景が荷物を積んだ馬車と共にやってきたのは、それから少ししてだった。

縛り上げた監視役と雨航を小屋の中で重ねて、それを椅子にした状態で出迎えれば、水景は生温かい目で慶木を見てくる。

「なんだ、その目は」

「いえ。容赦がないなと思いまして……」

「陛下の『生かして捕えろ』とのお言葉がなければ、既に殺している。生きていられるだ

け で幸せだろうよ」

挨拶《あいさつ》代わりのやり取りもそこそこに、二人は小屋の中を調べる。

小屋は意外と広く、それでいて簡素だった。棚がいくつかあり、そこに資料と思《おぼ》しき木簡が積み重なっている。紙もあるが、それはごく少数だ。あとあるのは几《つくえ》と椅子、蠟燭《ろうそく》や寝袋、暖房用の火鉢と墨、などなど。

本当に職場といった感じで、生活感は感じられない。しかし監視役の元官吏たちだけではもっと荒れていただろうから、定期的に雨航か浩然が来ていたのではないだろうか。

そんな慶木の関心を他所《よそ》に、水景は灯《あか》りを灯《とも》した室内で眉《まゆ》をひそめていた。

「……ここにあるのはどうやら、今までの実験結果をまとめたものみたいですね」

「……毒を使ったものか」

「はい。見たところ、砒素《ひそ》毒だけでなく他の毒でも試しているようです。どの毒をどれだけの量服用させ続けると毒が効かないようになるのか、などが記録されていますね。その結果、砒素毒が一番安定して慣らしやすい、という結論になったようです」

「……非人道的な実験だな」

「はい、本当に。それに……見たところ、抵抗力の強かった女児に子を産ませると、その子に耐性はつくのか、というところにまで向かおうとしていたようですね」

「……クソが」

まさかそこまで、人間を家畜扱いしているとは思わなかった。

慶木が思わず吐き捨てると、水景も無言で頷《うなず》く。

「人の好奇心も、ここまでくると考えものですね」

そう。範浩然は行き過ぎた。完全に人の道理から外れた行動をしている。自身のことを神様か何かだとでも思っているのだろうか、と慶木は思った。

その一方で柳雨航は、欲にまみれた権力者といった具合だ。自分の欲のためなら、他人など平気で焼き殺す。

どちらにしても、性根が腐っているという意味で慶木にとっては同じだった。そんな奴らに国を運営させれば、黎暉大国《れいきたいこく》はたちまち崩れ落ちていくだろう。浩然はそれすら望んでいそうなところが、本当に気味が悪い。

「……これは」

内心からグッグッと怒りがたぎるのをなんとか抑えていると、水景があるものを見つける。慶木は顔を上げた。

「どうした？」

「……ここへ連れてこられた子どもたちの、名前の一覧です。当たり前といったらそれまでですが、兄弟姉妹と共に連れてこられた子も多いようですね。そして……赤線で消されているのは、実験に耐えられずに死んだ子か、この村を出ていった子でしょうね」

水景は『陶丁那』という名前に線が引かれているのを見て、そう言った。

この村から外に出た段階で、子どもたちの命は死んだと同じ扱いになる。そのことがよく分かる印だった。

「……内官司女官長《ないかんし》が復讐《ふくしゅう》したくなるのも当然だな」

「そうですね……しかし、今回はそこではないのです」

そう言って、水景は一つの名前を指し示す。

『陶丁那』と記された名前の、その下。

──『陶花凛《かりん》』。

そんな名前がある。

一目見て、丁那の血縁者だと分かった。そしてなんの線も引かれていないということは、今もこの村のどこかで暮らしているということだ。

それから半日かけ、手分けをして資料を確認したが、ひどく残念なことに非人道的な実験を行なっていたことは分かれど、それに雨航と浩然が関与していたという証拠にはならなかった。

このままだと、監視役たちが勝手にやったとかなんとかと理由をつけられて、逃げられる可能性がないとは言い切れなかった。裏にたくさんの繋《つな》がりを抱えているような人間だ。なんとかしてしまうことは大いにある。用心には用心を重ねたほうが良い相手であることは、二人ともよく知っている。

何より、優蘭を救うには実行犯の証言を撤回させる必要があった。

そうなるとやはり。

「実行犯の……陶丁那の言葉が必要になる、か」

慶木と水景は、互いに顔を見合わせる。

「……陶花凛を探すか」

「そうですね。説得はわたしにお任せを」

「貴殿だと、子どもたちが怯《おび》える」

「郭将軍も目つきが鋭くていらっしゃいますから、わたしのことを言えた口ではないと思いますが」

「貴殿……」

血の繋がった、実の妹。彼女からなんらかの形で陶丁那に呼び掛けてもらえば、或《あ》いは。

そう一縷《いちる》の望みをかけて、二人は陶花凛を探した。

あとはのこのことやってきた浩然を蹴《け》り飛ばして縛り上げ、捕らえた者たちと一緒に荷馬車に放り込み牢屋《ろうや》へ。証拠品は慶木と水景が馬車で持ち帰り、集会まで大切に保管した。

また村にいた子どもたちは、これからの処遇が決まるまで慶木の部下たちによって守られることになる。

そこから先を引き継ぐのは、皓月。

そして、夏玄曽《かげんそう》だった。

＊

事件に関係するとあるものを得た皓月たちが向かったのは、牢獄《ろうごく》だった。

牢獄は、宮廷の中でも端の端、その中でも地中を掘り返して作った地下にある。木の柱などを組んで作った木製の牢獄で、入り口は一つだけ。そのため、もし外部に秘密で中に入りたいならばそれ相応の時期と看守を選ばなくてはならない。

皓月たち側に好意的でありながら、口が固い人間だ。

彼に手引きされて秘密裏にやってきたのは、陶丁那の独房だった。

皓月は、部屋の隅で蹲《うずくま》る少女に向かって声をかけた。

「初めまして、陶丁那さん。わたしの名前は珀皓月、と言います。……そちらへ行っても構いませんか？」

返事はない。皓月の名前を出しても、反応すらしなかった。普通の人間なら、自身がはめた人間の夫がきたと知り緊張するだろう。しかしそれすらないのは、そもそも皓月の声が聞こえていないのか。

どちらにしても、虚《うつろ》な人形のようだと皓月は丁那の姿を見て思う。

秀女選抜の折に見ていたときよりも、もっと生気がなかった。というより、生きる気がない。何もかもを諦《あきら》めている。そう感じる。

それもそうだろう。話を聞くに、丁那は自身が継続して砒素毒を服用していたことを知っていた。そして今も、生かしておくために砒素毒を定期的に服用させている。

自身の体が知らず知らずのうちに歪《ゆが》められていたと知ったときの丁那は、一体何を思ったのだろうか。

わたしではきっと、彼女の心を開けない。

そう。それは分かっていた。

ただ、そう。少し、寂しかっただけ。悔しかっただけ。

たとえ気にかけていたとしても届かないこともあるのだと知って、虚《むな》しさを覚えてしまっただけだ。

優蘭は、丁那のことを気にしていたから。

皓月は一度、大きく深呼吸をした。

わたしの声が届かない可能性が高いことなど、分かっていたではありませんか。

そう。だから皓月は、彼に協力を求めたのだ。

そう思い背後を振り返れば、いつも通りの柔和な笑みを浮かべ、しかし仙人を彷彿《ほうふつ》とさせる独特の雰囲気を持った老人がいる。

夏玄曽。

彼は一つ頷くと、すすす、と音もなく牢屋に近づいた。

「初めまして、陶丁那さん。おじさんはね、夏玄曽というんだ。……少しだけ、そっちに行かせてもらうね」

普段とは全く違う、しかし慣れた様子で語りかける姿は、とても優しい。それは丁那にも伝わったようで、恐る恐るだが顔を上げた。

それを見つめながら、玄曽は鍵《かぎ》を使って中に入っていく。皓月はなるべく視界に入らないでおこうと思い、場所を変えつつも様子を窺《うかが》っていた。

そんな中、玄曽は丁那のとなりに一人分ほどの距離を空けて座る。それに対して丁那はやはり口をつぐんでいた。

そんな丁那の様子を窺いつつ、玄曽は口を開く。

「ねえ、丁那さん。少しだけ、お話をさせてもらうね。……丁那さんは、このまま嘘《うそ》を吐き続ければ、自分が死んでしまうことは知っているよね」

「……うそ、じゃない、です。わたしは、賢妃さまを殺そうとしました」

「うん。でも、殺してない。殺そうとしたって、言っただけだよね」

「……命じられて、でも嫌だったから、殺せませんでした」

「……うん」

「珀、優蘭さまに……殺せと、言われました」

丁那は淡々と、報告書と同じことを伝えてくる。誰かに「そのように伝えろ」と言われたことを、ただただ復唱しているような。空っぽの言葉だった。

それを聞いて、皓月は思わず飛び出しそうになるのを必死になってこらえた。

落ち着け、落ち着け。……わたしがここで今怒り狂って、どうなるというのです。

優蘭のことを真に想《おも》うならば、皓月は玄曽が話を終えるまで黙っていなければならない。なんの役にも立たないからだ。それに今優蘭のことを侮辱されたと怒り狂ったところで、皓月の気が晴れるだけ。何もいいことはない。

それに。

丁那の境遇を思えば、彼女だって被害者だった。

今はきっと、誰も信じられないだろう。優蘭が玉紫庫《ぎょくしこ》で話しかけてもだめだったのだから、きっと相当頑《かたく》なになっている。簡単には話してくれないだろう。

でも。

わたしにも、その気持ちは分かります。

心のやわい部分を曝《さら》け出すのは、恐ろしい。だから皓月はずっと、誰にも見せずに隠してきた。適度に距離を空けて、笑顔で取り繕って。

そんな皓月のやわい部分にするりと入り込んできたのが、優蘭だった。

入り込まれたのに不快な気持ちすら感じず、むしろ心地《ここち》好いとさえ思った。それは、優蘭が決して皓月のやわい部分を蔑《ないがし》ろにしたりしなかったからだろう。自分も痛みを抱えて生きてきたから。だから優蘭は、他人の気持ちに寄り添おうとしてくれた。

そして玄曽は、そんな心の痛みに寄り添うことができる人で。同時に、自分も同じくらい悲しみだとか苦しみを背負って、今まで生きてきた人だった。

なら、信じて、大丈夫です。

そう思いながら、皓月は今にも動き出しそうになる体を必死に押しとどめる。

すると、玄曽が言った。

「丁那さん。実を言うと、おじさんはね。……君と同じ境遇で、同じ理由で人殺しにさせられた少女を、知っているんだ」

丁那が、そっと息を飲む音がした。

それに笑いつつ、玄曽は一人思い出語りをする。

「あの子はね、とっても真面目で。でもお仕えしていたお妃《きさき》様のことが大好きな、とっても素敵な侍女だった。でも、君と同じく幼い頃から知らないうちに砒素《ひそ》毒を飲まされていてね。それで、大好きなお妃様と、同じくらい愛してしまった先代の皇帝陛下を、殺してしまったんだ」

「……それって、稀代《きたい》の悪女の話、ですか？」

その話を聞いて、丁那が初めて自分の言葉を発する。

少しだけ意識がこちらに向いたことが、皓月の目から見ても分かった。

その一方で、玄曽は怒ることなくむしろ笑いながら頷《うなず》く。

「そうだね、世間ではそう言われている」

「……ちがうん、ですか？」

「おじさんからしたら、あの子は本当にいい子で……でもとっても潔癖な、優しい子だったんだよ」

「……知り合いだったんですか」

「そう、孫みたいにね、よく話をしたんだ」

過去の思い出を懐かしむように、玄曽は目を細めてどこか遠いところを見る。

「本当に、お妃様が大好きでね……大好きすぎて、貶《おとし》めるような人たちを許せない子だった。他のお妃様の侍女と、良く口論をしていたな。一度、口論が悪化して向こうが手を出してきて、喧嘩《けんか》になって。偶然通りかかったおじさんが、仲裁に入ったこともあった」

「……過激ですね」

「そうだねえ。でも、侍女という仕事を何より愛して、誇りに思っていたよ。……だから、お妃様が陛下から寵愛《ちょうあい》されたとき、お妃様自身よりも喜んでいたんだ」

ぽつ、ぽつと。ゆっくりとした口調で。思い出語りは続く。それに、丁那も耳を傾けていて。皓月自身も思わず聞き入ってしまっていた。

玄曽は穏やかな声で、まるで寝る前子どもに童話を語りかけるかのように言う。

「でもね、そんなあの子も女の子だった。お妃様に会いにいらっしゃる先代陛下と、何か交流があったのだろうね。……陛下のことを、好きになってしまったんだ。それを悔いて毒味役に志願して、でも毒が効かない体だということを知らないまま毒味をして。……そして、殺してしまった。それ以外は誰も殺していないんだ」

玄曽の話を最後まで聞いた丁那は、少しだけ間を空けてから質問をしてくる。

「……それって、悪いことですか？」

「どれが、かな」

「陛下のことを、好きになったことです。だってそれさえなければ、その子は悪女にならずに済んだんですよね？　なら、陛下のことを好きになってしまったことが悪いことじゃなければ、そうはならなかった、んです、よね？」

不思議そうに首を傾《かし》げる丁那に、玄曽は一つ頷いて「悪いことじゃないよ」と答える。

「想うことは、自由なんだよ。でも、燕珠は潔癖すぎてそれすら許せなかった。心がね、大人の世界にまだ馴染《なじ》めなかったんだよ」

「大人の世界って？」

「醜いものも美しいものもある世界。後宮は、醜い部分が特に大きい。だって後宮に入った以上、陛下の目に留まってお手付きになれば、お妃様になれるからね。お妃様になって寵愛を得られれば、美しい衣や綺麗《きれい》な宝石、美味《おい》しい食べ物が当たり前のように手に入る。だから、それを望んで侍女として後宮に入りたがる子や、そう画策して子どもを入れる親もいるのが、後宮という場所なんだ」

「……どこも、汚い人ばかりなんですね」

そう言う丁那の声に初めて、感情らしいものが滲《にじ》んだ気がした。

それを感じ取ったらしい玄曽は、丁那を見て首を傾げる。

「どこもって、丁那さんもそういうところを知っているのかい？」

「……孤児院も、その前にいた貧民街も。だいたいどこも一緒ですよ。大人たちはみんな、わたしたち子どもを見捨てます。邪魔者あつかいします。なのに、慈善活動って言って、助けるふりをするんです」

「……その後いた村でも、そうだった？」

玄曽がそう問いかけると、丁那は目を見開いて首を横に振る。

「村での生活は、とっても楽しかったです。妹とも遊べて、周りもみんな子どもばかりで、おなか一杯ご飯が食べられて……でも」

「でも？」

そこまで言ってから、丁那は目を見開いて顔を勢い良く逸《そ》らす。その先を言えば自分のした証言が嘘だと認めることを、幼いながらも理解しているようだった。

同時に、丁那が物理的に玄曽と距離を取る。まるで、これ以上近寄るなと警戒しているようだった。

でもそれは。

……心を許してしまいそうになるから。許してしまった後、また同じ裏切られる苦しみを味わうのが、怖いから。

だから丁那は距離を空けたのだと、皓月は推測する。

理由はなんてことはない、自分の経験からくるものだ。

心というのは、許した瞬間はとてもやわらかくて心地好いが、裏切られた瞬間気を許していた分大きな傷を残していく。そしてさらに大きな壁を作ってしまう。

一口で言うなら、丁那は手負いの獣のような存在だった。

しかしだからこそ、今が攻め時だと皓月は思う。

だから願った。――どうか、彼女の心を救ってあげて欲しい、と。

まるで、自分のことのように。

「ねえ、丁那さん。君が見てきた大人たちは本当に、皆汚い人たちだけだった？」

だから、玄曽の言葉を聞いたとき、信じていいと思った。

だって、そのとき。丁那が顔を上げたから。

玄曽の表情がとても生き生きしていたから。

「ねえ、丁那さん。人間は確かに醜くて愚かでどうしようもない生き物だけど……でも、それでも。同じくらい、美しくて愛おしくて。素敵な生き物なんだよ」

「……それって、おかしいです」

「おかしいよね。矛盾しているよね。でも、それが人間なんだ」

「……分からないです。ぜんぜん、わからない……」

ふるふると、十四歳よりも幼く見える仕草で丁那が首を横に振る。

そんな丁那に笑いかけながら、玄曽は言う。

「実を言うとそこで聞いているお兄さん……珀右丞相は、君に対して矛盾した思いを抱えているんだよ。最愛のお嫁さんを巻き込んだ君のことを殺したいって思っているけど、でもそれと同じくらい君に生きて欲しいと思っているからね」

「……えっ」

「……あの、唐突に話を振ってきたかと思ったらそういうとんでもないこと言うの、どうかと思いますよ……？」

だが、合っているので文句という文句が言えないのが痛い。

そんなにも表に出ていただろうか、と思いつつ、しかし何やら皓月が話を始めなければならない雰囲気なので、仕方なく口を開くことにする。

「夏様が仰《おっしゃ》っていることは、おおむね正しいですよ。わたしは優蘭を犯人に仕立てようとしているあなたが憎いですが、本当に悪いのはあなた以外の誰かということも理解しています。だからあなたに怒ったりはしません。優蘭も、そんなことは望みませんし」

むしろ怒られてしまいそうだと思いながら、皓月は牢屋《ろうや》の中を見た。丁那は自分の体を搔《か》き抱《いだ》きながら、皓月を凝視している。

そんな視線に、皓月は肩をすくめた。

「それに。今のあなたは昔のわたしとよく似ています」

「……似て、る？」

「ええ。昔のわたしは、人を信用することができなかったんです。だから適度な距離を保って、それ以上踏み込ませようとはしていませんでした。今のあなたも、同じでしょう？」

「…………」

無言というのは、何よりの肯定だ。同時に、丁那の人間らしいところが出てきた気がして皓月は思わず笑ってしまう。

「ですから、あなたにはもっと生きて欲しいと思いました。……妹さんとも一緒に」

「……え？」

「妹さんは生きてますよ。殺されそうになる前に、わたしたちの仲間が保護しました」

そう言ってから、皓月は懐から木簡を取り出した。

そこにはただ一言。

『お姉ちゃん、何かあったみたいだけど、大丈夫？』

木簡にはそう、記されていた。

本当に取り止めのない文だ。この様子だと、妹のほうは確実に何も知らない。姉が奉公先で大変なことになっている、とでも慶木辺りが伝えたのだろう。純粋に姉を心配しているのが窺《うかが》える。

しかし丁那にはそれが別のものに見えているのか、呟《つぶや》く。

「……妹の、字」

「はい、そうです。今回ここへきた理由の一つは、丁那さんにそれを渡すためでした」

「……他にも何か、あるのですか？」

「はい、もう一つ、あります」

皓月は、ふうと息を吐いた。

「丁那さん。あなたはこのままいけば、妃を殺害しようとした罪で極刑に遭います。それは分かりますよね」

「は、い」

「でも、今それを撤回すれば、わたしたちはあなたを全力で生かします」

「……え？」

「范燕珠の件で盛大な失態を、国は犯していますからね。それを挽回《ばんかい》する意味でも、わたしたちはあなたたちを生かしたいんですよ」

我ながらこういうことしか言えないのはどうなのか、と思うが、綺麗ごとを言われるよりはいいと皓月は思ってしまう人間なので思い切って言ってしまう。

「ただ、生かすにあたってやって欲しいことがあります。しかも、大舞台で大人数の大人がいる前で、やって欲しいのです。……あなたにはきっと、とても酷なことです」

丁那がごくりと喉《のど》を鳴らす。何を言ったらいいのか分からず、ひどく緊張している様子だった。

その緊張を保ったまま、皓月は言う。

「あなたが知っている真実を、大勢の前で話してほしいのです。あなたに、賢妃様を殺害するように言った本当の犯人――柳雨航、範浩然の前で」

すると、丁那が大きく目を見開いた。

そして言う。

「そんなことで、いいん、です、か？」

「……え」

「え、だって……怒って、いいんです、よね？」

こんな体にしたの、あいつらだから。

こんなことをしなければならなくなったのは、あいつらの命令だったから。

妹との穏やかな生活をくれるって言ったから。

だからやろうって思ったのに。

その約束すら嘘《うそ》だったことを、怒ってもいいのですよね？

戸惑ったような口ぶりで、しかし確かな怒りを感じさせる声音が彼女の唇から紡がれていく。

そのとき、皓月は自身が盛大な勘違いをしていることに気付いた。

そう、この幼くも儚《はかな》い少女は、ただ無気力だったわけではない。希望のすべてを摘み取られ、諦《あきら》めさせられ、だからこそ無気力になってしまったのだ。

だから希望が少しでもあるなら、自分をこんな風にした人間を糾弾できる機会があるのなら。それを怒りに変えてしまえる。そういう強さがある少女だった。

そしてきっとそれが、本来の彼女なのだろうと皓月は思う。

それを感じ取った皓月は、無言でただ一度頷《うなず》いた。そして牢屋越しに、持っていた木簡を丁那に手渡す。

彼女はそれを恭しく受け取ると、この世で一番大切なものであるかのような顔をして抱き締めた。

「なら、やり、ます。あの人たちに怒って……嘘つきだって、言ってやります」

「……本当にいいんですか？」

「はい。だっておじさんもお兄さんも、本当のことを話してくれました。お兄さんは、言いにくいことをあっさり話してくれました。……それに、この文字は間違いなく、妹のもの、でしたから」

その姿を見て、皓月はこの少女にまた絶望を与えたくないな、と思った。そして、優蘭の件を差し引いたとしても、絶対に断罪を成功させなければならない、とも。

だってそれが、彼女の勇気に対する、最大の誠意だろうから。

＊

——そして時は戻り、玉座の間にて。

「この人たちに！　人殺しにさせられ、まし、た――ッッッ!!」

少女の悲痛な叫びが、部屋全体に響き渡っていた。

今までの経緯を軽くしか聞いていないからか、それとも丁那のことを心配しているのか。優蘭が皓月の袖《そで》を握ってくる。それに軽く無言で応《こた》えつつ、皓月はその場面をただただ眺めていた。

その一方で、会場はより一層ざわめいている。当たり前だ、当初犯人は優蘭だと言っていた少女が目の前に現れて、こうして真犯人を糾弾しているのだから混乱するのは当然である。官吏たちだけでなく雨航や浩然も驚いている様子で、信じられないものを見るような目で丁那を見ている。

そんな中、空泉は冷静に、なおかつどことなく楽しそうな顔をして丁那の紹介をした。

「彼女は、今回の賢妃様毒殺未遂事件の犯人であり、また犯行を強制された被害者です。……陶丁那。発言を許します。あなたは彼らに、一体何をされていましたか？」

丁那は唇を戦慄《わなな》かせながらも、しかし懸命に泣くまいと堪《こら》えながら口を開く。

「わた、しは、孤児、でした。妹と一緒に捨てられて、それを拾ってくださったの、が、範おじさんです。彼は、わたしたち姉妹をある村に連れて行きました」

「その村では一体、何をしましたか？」

「普通に、普通の生活を、おくれまし、た。でも一つだけ、違うことが、ありました。

……みんなみんな、定期的に、薬を飲んで、いました。大人の人、いて、飲んでねって言われて、ました。でもそれは、毒、でした」

丁那がたどたどしくもはっきりした口調で告げる。それを支えるために、皓月はまた質問をする。

「自身が毒を飲まされていることに気づいたのは、いつですか？」

「後宮、に、入る、前、です。後宮でやること、教えられてました。それやれば、妹とわたしは解放してくれるって、そう言われて……だから、毒味役に志願、しました。そして、賢妃さまを殺せと言われました。執毒事件《しゅうどくじけん》と同じ方法で」

執毒事件。

その単語は、この場をざわつかせるのに十分な効力を持っていた。

それはそうだろう。あの一件は、黎暉大国に大きな爪痕《つめあと》を残した事件だった。

皇族のほとんどが、とある悪女によって殺された。

またその悪女の話を持ち出すだけで、話した人間には悪いことが起きる。いわば曰《いわ》くしかない事件だ。

その事件と同じやり方とはいったいどういうことだ。

今この場にいるほとんどの人間は、そう思っているだろう。

わざわざ、丁那に言わせて正解でしたね。

彼女は別に、執毒事件の話を浩然にも雨航にもされたことはない。だがこの場をざわつかせ、犯人たちを動揺させるための手段として皓月が講じた。

そしてその作戦は見事成功し、浩然が口を開く。

「そ、そのような話はでたらめです！　執毒事件は、范燕珠による凶行という形で決着しているはず！」

その声はどこかうわずっていて、普段の彼らしくなかった。焦っていることがありありと窺える。

畳み掛けるならば、今だ。

そう思った皓月は、笑みを湛《たた》えたまま首を傾《かし》げた。

「おや、範宦《かんがん》官長。何故《なぜ》そのようなことをおっしゃるのです？　彼女の話はこれからなのに、信憑《しんぴょう》性がないとおっしゃられるのでしょうか」

「あ、当たり前です！　その少女は一度『珀優蘭が犯人だ』と嘘を吐いています！　一度嘘を吐いた人間は何度だって嘘を吐きます、わたしたちを陥れたいだけだっ」

「ほう」

「それに燕珠は、わたしの目の前で井戸に飛び込んで死んだ！　あの女は間違いなく、自身の罪に苛《さいな》まれて死んだのです」

「それはおかしな話ですね」

皓月は首を傾げた。

「范燕珠は確かに自殺でしたが、それを目撃していた人間はいません。夜明け、井戸から水を汲《く》もうとした女官が、彼女のことを見つけたはず」

「…………ッ」

「おかしいですね、範宦官長。――どうしてあなたがそのことをご存じなのですか？」

慌てた人間は、必ずボロを出す。

ボロを出した人間は、矛盾点を叩《たた》けばさらにボロを出す。

そこを徹底的に狙う。それも、真綿で締め付けるようにじわじわと。この男の本性を炙《あぶ》り出す。

皓月は、笑みを深めた。

「範宦官長。もしあなたが、范燕珠の自殺を見ていたのであれば、何故あなたが第一発見者ではないのでしょう」

「それ、は、それはっ」

一歩ずつ、階段を下りる。

焦らず、努めて冷静に、一歩一歩。

「もし今まで五年間隠し通してきたのであれば、あなたの言葉にも信憑性はありません。そうでしょう？」

「あ、ああ、あ」

その道中で、皓月は懐から折り畳まれた紙を抜き取った。

それを破かないように開きながら、皓月はそれを浩然と雨航に見せる。

彼らの顔色がここまで変わるのを見たのは、初めてだった。

「それではここで一つ、質問です。――これが何か、お二人はご存じですよね」

それは、契約書だった。浩然と雨航が交わした、互いの秘密は絶対に守るという契約書。

互いに互いを縛る枷《かせ》。

一通ずつ、大切に保管していたはずのもの。

その片方が皓月の手にあるということがどういうことなのか、それが分からないほど、
範浩然は愚かではない。

「範宦官長。これはね、再調査をさせていただいたあなたの屋敷《やしき》の庭に埋められていた箱から出てきたものです。……しかも、あなたはこれを一度范燕珠に奪われて、その件で呼び出されたとか」

「ッ、」

それを聞いて誰よりも驚いたのは、周りにいた官吏たちでも高官たちでもない。

柳雨航。

協力者でありながらずっと騙《だま》され続けてきた彼だった。

「貴様、それを一度奪われておいて、今まで黙っていたのかッッッ!?」

聞いたこともないくらいの絶叫と共に、雨航が浩然に食ってかかろうとする。周りにいた官吏たちが直《す》ぐ様《さま》止めに入ったが、この時点で既に雨航の中には、浩然との秘密を守ろうという気持ちは失《う》せていた。

「陛下！　陛下！　わたしがここに証言いたします！　この男は、今まで多くの罪を犯しました！　先ほど挙がった范燕珠の執毒事件も、この男が仕組んだものです！」

「なっ!?　突然何を言い出すのです！」

「ありとあらゆるこの男の罪を告白します！　ですからどうぞ、お慈悲を！　わたしの減刑を！」

あるのは、浩然の罪を白日の下に晒《さら》した上で自身の減刑を望む、醜い姿だけ。

すると今度は浩然までもが雨航の隠れた罪を告白すると言い始め、乱闘が勃発《ぼっぱつ》。また他にも関わっていた官吏の名前まで飛び出し、呼ばれた官吏が口を塞《ふさ》ぐべく乱闘に参加し、それを刑部と御史台、また武官たちが止めに入り……と、場は大混乱と化した。

その様を、劉亮は愉《たの》しそうに笑いながら見ていたが、皓月は逆に心が冷めていくのを感じた。

互いに信頼関係のない相手との協力関係はこんなものなのかと、他人事《ひとごと》ながら思う。

こんなにもあっさり崩れてしまうのが信頼関係なのか。それともこれが特殊なのか。よく分からない。

その中でも、確かなものが一つだけある。

——優蘭の冤罪《えんざい》が、ここに証明されたのだ。

そう思い振り返れば、そこには目を白黒させながらも皓月を見る愛《いと》しい人の姿がある。

彼女は大変なことになった現場を見てどうしたらいいのか迷いながらも、でもほっとした顔で笑みを浮かべ皓月を見ていた。

そして、声を出さずに言う。

『ありがとうございます、皓月』

たった、一言。

その一言だけで、今までの徒労や醜い争いの渦から、救い出されたような心地になった。

思わず抱き締めたい衝動に駆られ、しかしそれより先にやらなければならないことがあることを思い出しぐっとこらえる。

そう。後始末はこれから。

とりあえず今はこの場をおさめなくては。

そう思い、皓月はひとまず守るべきものたちを別の場所に移すよう、官吏たちに指示を飛ばすことにしたのだ。

間章三　とある悪女の独白

わたし、范燕珠《はんえんじゅ》は、信じていました。この世界には苦しいこともあるけれど美しいものもたくさんあって、わたしの世界は満ち足りているのだということを。

信じていたのです。まるで童のように。この世界の白さを、信じていたのです。

でも違った。わたしはただあの男の手のひらの上で踊らされていただけ。思うままに動かされていただけ。操り人形のように、あの男の意のままに動く忠実な僕《しもべ》だったのです。

わたしがお仕えするお姫様に出会ったのは、あの男の紹介でした。

初めのうちはただの仕事だと思って、忠誠心などまるで抱いていませんでした。この方もどうせわたしの出自を理由に、ぞんざいに扱ってくると思っていたからです。

ですが、違いました。

あのお方は、わたしの出自など気にせず、むしろわたしの働きぶりに感心しておそばにおいてくださった。

嬉《うれ》しかった。認められるということが。

甘い言葉を投げかけられるわけでもなく、ただ優しく「ありがとう」と言っていただける瞬間が、わたしにとって何よりの誉れであり喜びでした。

あなた様のおそばについて、あなた様の笑顔を見るのが好きでした。

だから、少し不安でした。後宮という箱庭で暮らすことが決まっていたあなた様が、笑っていられるのかが。

ですがそれも、全て杞憂《きゆう》でした。あなた様はこの後宮で、愛する方にお会いできた。

あなた様が陛下とお会いするたび、嬉しそうな顔をなされる。そして陛下も、あなた様のことを想《おも》ってくださっている。

一目見たときから分かりました。ああお二人はとても、愛し合っておられるのだなと。

あなた様が心の底から愛する方ができたこと、嬉しく思います。

それなのに。

……あなた様のそばにおられる方を、わたしは「愛しい」と感じるようになってしまいました。

人によっては、いい機会だと言うかもしれません。

事実、ここは後宮だから、侍女であろうと陛下の所有物。お手付きにさえなれば、陛下の妃《きさき》になる資格が得られます。特にわたしは陛下の寵妃《ちょうひ》たる我が君の侍女ですから、機会にはとても恵まれておりました。

ですが、わたしにはそれができなかった。

裏切りだと思いました。あなた様への裏切り。

かと言って、想いを消して潰《つぶ》して砕いて隠して殺しても、それは決してなくなりませんでした。

むしろ、なくそうなくそうと努力すればするほど、想いがどんどん大きくなっていきます。それと同じくらい、わたしの中の罪悪感が膨れ上がっていきました。

わたしは、お二人とわたしの間で板挟みにあい続けました。苦しくて苦しくて仕方なくなりました。解放されたかった。それと同じくらい、自分を痛めつけたかった。

想うくらいならば問題ない、と言い訳をする自分がいました。

分不相応にもほどがあると、なじり続ける自分がいました。

相反する二つの思いは、常にわたしのことを苛み続けました。

……そんなふうに自分を痛めつけるだけの日々が続き、ある日毒味役の侍女が倒れたのです。

あなた様は金属に触れると赤くなってしまうということで、食器なども銀製品を使わないことにしていました。ですので、毒味は必須。かといって、進んで毒味をやりたがる人間はそうおりません。

だからわたしは自身の手で、自分を断罪することにしました。

──自ら、毒味役に志願しました。

お優しいあなた様は、わたしがそんなことをする必要はないとおっしゃられましたが、
それでもわたしは押し切りました。

あの日、やめておけばよかった。

やめておけばきっと、あなた様も陛下も、死ぬことはなかったのに。

──あなた様と陛下がお亡くなりになった日は、美しい星が夜空で瞬《まばた》いておりました。

わたしはお二人がお食べになる夕餉《ゆうげ》を毒味し、夜風に当たりながらお二人のことを隣室でそっと見守っておりました。

きっとお二人での時を過ごされているのでしょう。そう思うと胸が温かくなるのと同じくらい、胸に棘《とげ》がささったかのような独特の痛みを感じます。

ですがこれで良《い》いと決めたのはわたし。

これから先もあのお方の侍女をやっていくのであれば、この痛みに慣れなくては。

そう思い、わたしは星空を見上げて神様に祈りました。

どうか、見守っていてくださいと願いました。

神様に。
——なのに、どうして？　どうしてなのですか、神様。
お隣の部屋の不審な物音を聞いて、駆けつけ、て。
そしたら、何故《なぜ》。
何故、何故、何故なぜなぜなぜなぜ。
どう、して。

あなた様と陛下の骸《むくろ》が、そこにあるのですか？

床に、お食事、が、こぼ、れてて。
しょっき、が、割れ、わ、れ。
お二人の、目から、ひかり、が、きき、き、消え。
ひか、り、が。

——そこからはもう、無我夢中でした。
口から血を吐かれていたお二人の介抱をしようとして、ですが瞳《ひとみ》に光がないことに気づいて、わたしは逃げました。

何故逃げたのかは分かりません。ただただ怖かった。何故毒味をしたのに亡くなられているのか、全く分からなかった。恐怖とともに逃げました。

そして逃げた先は、陛下のお付きの宦官《かんがん》様の元です。

わたしのことを孫のように扱ってくださる方で、わたしもこの方にだけは心を許しておりました。それに宦官様はあの男と違って夜も後宮に常駐していましたから、こんな時間でもいると思ったのです。

その予想通り、宦官様は今日も珠玉殿《しゅぎょくでん》におりました。

宦官様はひとまずなだめてくださって、あなた様と陛下のこと、またそれ以外のことを全てやってくださいました。

その間、わたしはずっとどうしてこのような事態になったのかを考えていました。

しかしどちらにしても、毒味の職務をきっちりと果たせなかったわたしがいけません。死のうかとも思いましたが、それよりも自首をして牢屋《ろうや》に入り、苦しんで死ぬほうがわたしに相応《ふさわ》しいと思いました。

もっと苦しもうと思い、わたしは小さい頃から処方されていたお薬を捨てることにしました。

このお薬は、育ててくださった宦官長様からいただいたもので、毎日飲まなければいけないと言われていました。わたしが病弱だからです。

これを飲まなければ苦しむと言われていましたから、ならなおのこと苦しもうと思い、けれど育て親に悪い気もして廃棄場所ではなく池に捨てました。水に溶けてしまえばばれずに済むと思ったからです。

そしたら。

ぷかり、ぷかり。

池の魚が死にました。

わけが分かりません。ですがそれと同時に、何故か予感がしたのです。

わたしは自首をするのをやめて、盲信するのをやめて、ありとあらゆるものを疑って調べ始めました。

知らない間に自身が罠《わな》にかけられていたことを、ここで初めて知りました。

そしてそれ以前の皇族殺しの罪も、わたしに被《かぶ》せられていることを知って。

ああ、あの男が全ての黒幕だと悟りました。

宦官長、範浩然《はんこうねん》。

わたしを引き取り、育ててくれた人。

そしてわたしが病弱だと嘯《うそぶ》き、ずっとずっと毒を飲ませていた人。

このことに気づいて思ったのは、妹のことです。

妹は、範浩然とは別の人に引き取られました。

昔は何故、どうして、と思ったものですが、今思えば良かった。あの子はわたしと違って警戒心の強い子でしたから、きっとあの男のお眼鏡に適《かな》わなかったのでしょう。そのことが、とても嬉しい。

あの子はわたしと違って健康で幸せに生きられる。そのことだけが、わたしにとっての唯一の救いです。

だってわたしが死ぬことは、決定していました。

それはそうです。陛下とあなた様が亡くなられたのは、間違いなくわたしのせい。なら極刑です。惨めに死ななければなりません。それは心底理解していました。

妹と一緒に引き取られていれば間違いなく、あの子も利用されていたことでしょう。良かった。本当に良かった。

わたしのことなど忘れて、幸せになって。雀曦《じゃくぎ》。お姉ちゃんの願いは、もうそれしかありません。

けれど、範浩然。お前だけは絶対に許さない。

わたしの大切なものを、わたしを使って奪い取ったお前だけは許さない。この男に、爪《つめ》痕《あと》を残さずにこの世を去ることだけはしない。

この男を今裁くことは無理でしょう。彼にはたくさん味方がいて、今のままだと握りつぶされてしまう可能性が高いからです。それほどまでに、この男と繋《つな》がっている権力者は多い。

だからお前に、ささやかな呪いと共に返してあげる。この契約書を見るたびに、わたしの死に顔を思い出してね？

だけど、そういうものがあるということはわたしが唯一信用していた人に教えました。きっといつか、何かの役に立ててくれるはずです。

神様なんて信じない。この世にはいない。

この世にいるのは、愚かで哀れな人間たちだけだ。

だからわたしが、死んでもお前を呪ってやる。

呪う、呪う、呪う呪う呪う。

そのための舞台は用意した。

せいぜいわたしが死んでから苦しめクソ野郎。

これがわたしの復讐《ふくしゅう》だ！

……

………

…………そして願わくば。

いつかの未来。

遠い未来で。

どなたかが、あの男の悪事に気づいて。

わたしみたいな人が救われてくれたら、いいな。

終章　寵臣夫婦の未来に、幸多からんことを

それからなんやかんやとありつつも、無事日没になり、優蘭《ゆうらん》は久方ぶりに珀《はく》家の屋敷《やしき》に戻ってきていた。

馬車に乗っているときはずっと指輪に触れていたのだが、それでも気持ちが全く落ち着かずそわそわしっぱなしだった。

だが珀家の門前を見た瞬間から、既に「ああ、ようやく帰って来れたのだな」とほっとする。そしてそれは、玄関で待ち受けていた存在を見てより強くなった。

――皓月《こうげつ》が、待っていた。

初めに出迎えてくれるのはてっきり侍女頭の湘雲《しょううん》だと思っていた優蘭は、驚くのと同時に色々な感情が込み上げてくるのをぐっと堪《こら》える。

忙しいはずなのに、わざわざ早めに帰ってきてくれたこと。

また、自身の想《おも》いを自覚したこともあり、胸をくすぐるふわふわした甘い感情。

それらで頭がいっぱいになり、胸が満ち足りていくような気がする。

思わず泣きそうになって、でも泣かないように努力し、しかし皓月が腕を広げて優しい笑みを浮かべてくれたことによって、その努力は全て無駄になった。

「おかえりなさい、優蘭」

「っ、！」

ぽろり。

目から涙が零《こぼ》れ落ちた辺りで、今まで堪えていたものが一気に噴き出し体が勝手に動く。

「た、だい、ま、！」

そうして優蘭は皓月の腕に飛び込み、年甲斐《としがい》もなく泣き腫《は》らしたのだ。


それから優蘭と皓月は、いつものように夕餉《ゆうげ》を共にした。

料理長が張り切ったらしく、年末年始に食べるような豪華な料理が並んでいる。水餃子《ギョーザ》や豚の丸焼き、海老《えび》と葱《ねぎ》の炒《いた》め物、蛸《たこ》の酢の物、などなど。めでたい日に食べるようなものが、所狭しと円卓に並べられた。

どうやら、優蘭と一緒に年末年始の大切な時間を過ごせなかったことが心残りだったらしい。

それを取り戻したいと言わんばかりの食事の数々に、何故だか嬉《うれ》しくなってしまって心臓がバクバクと外に聞こえそうなくらい大きな音を立ててしまった。

な、何かしらこれ。ほんと、わけ分からない……！

昔から細かいことに気づいたり、やることなすことが本当に可愛《かわい》くて好きだったのだが、皓月からの不意打ちを食らって自身の想いを自覚する今と前とでは、感じ方が全然違う。

とにかく、想いやってくれるその心遣いが、本当に嬉しくて。口から何か飛び出してしまいそうだった。

それなのに、彼の一挙一動を目で追ってしまって。洗練された動きに、綺麗《きれい》だなーなんて思ってしまう。

だけど、皓月と目が合いそうになると視線が合わせられない。不審なぐらい勢い良く目を逸《そ》らしてしまう。

なのに、目が離せない。

私、本当に、変。

せっかくの食事も、口に入れても味がしない。それくらい心ここに在らずで、優蘭は確実に挙動不審だった。

それからどうしたか、いまいち覚えていない。皓月と話をして、風呂《ふろ》に入って。

とりあえず、気づけば寝室にいた。

そこで優蘭はハッとする。

いやいやいや。なぜなんにも話をしないまま、寝る準備に入ってるの私!?

このままいけば確実に、はい寝ておしまい、となる。それでは意味がない。

この数週間、優蘭は一体なんのために郭《かく》家で悩みに悩み抜いたのだろうか。時間の無駄遣いでは困るのだ。

先ほどとはまた違った意味で心臓が音を立て始め、優蘭は慌てる。というより今日一日、本当に忙《せわ》しなすぎやしないだろうか。おかしい、こんなはずではなかったのに、一ヶ月もの悠々自適な軟禁生活を送ったせいで腑《ふ》抜《ぬ》けている。

寝台の上に座りながら、優蘭はぶつぶつと呟《つぶや》く。

「いやでも落ち着いて。寝室は同じ、同じままなはず。うん、多分きっとそうよね、そうそう。だから皓月に会う機会は、あ」

「……わたしがどうかしましたか？」

「………………ッッッ!?」

優蘭は思わず、声にならない悲鳴をあげた。

見ればそこには、皓月がいる。

今までの蓄積された動揺もあり、優蘭は顔を合わせて早々土下座をした。

「皓月！　今回は本当にありがとうございました！」

「え、ええ!?」

いやいやいや、言いたいことはこういうことじゃない、ないのだけれ、ど。

口が勝手に動いてしまう。優蘭は早口になりながらも言う。

「皓月に助けていただかなかったら、私の人生は確実に駄目になっていました！　本当に、その、もう、なんて言ったらいいか……」

「ええっと、あの、優蘭。落ち着いて、ください」

「おおお、落ち着いてますっ！　この華麗な土下座！　普通！」

「普通じゃないですし落ち着いてないです、とりあえず顔をあげてくださいっ」

そう言われ、優蘭は渋々顔をあげた。

すると、皓月の優しい眼差《まなざ》しと目が合う。

彼は、落ち着いた声音で言った。

「優蘭。まず、あなたが無事に帰ってきて、本当に良かったです」

「は、はい。こちらこそ、本当になんて言ったらいいか……」

「いえ、優蘭は珀家の嫁、そしてわたしの妻です。妻を守るのが、夫の役目。なのでこれは、当たり前のことなのですよ」

妻。

不思議だ。妻と言ってもらえただけで、嬉しいと感じてしまった。

普段ならばそこまで気にならない単語が、妙に優蘭の心を刺激してくる。

自覚があるのとないのとではここまで大きく差が出るものかと、優蘭は他人事《ひとごと》のように思った。

そんな優蘭を見て、皓月はふう、と息を吸う。

「……優蘭。軟禁される前のこと、覚えていますか？」

「……ええっと」

「わたしが、酔った勢いで優蘭を押し倒してしまったときのことです」

「……！　あ、あ、あの、それは……皓月にも、記憶がある、ということ、でしょうか……」

「ええっと、はい。そうです。本当にお恥ずかしい話なのですが……」

お互い、寝台の上で正座をして向き直る、というおかしなことになってきた。

すると優蘭が何か言うより先に、皓月が口を開く。

「まず。酔っていたとは言え不誠実な行動をとってしまい、誠に申し訳ありません。ここに謝罪します」

「えっ、あ、その、」

「ただ。あのとき言ったことは、本当です。……わたしは一人の女性として、優蘭のことが好きです」

面と向かって改めて告白され、優蘭は息を詰まらせた。

か、かか、顔がいい……！

今目の前に皓月がいなければ、優蘭はきっとあまりのことに悶絶《もんぜつ》していたかもしれない。

それをなんとか堪えるためにぎゅっと口をつぐんでいたら、皓月が眉《まゆ》を寄せるのが見えた。

「……本当に大丈夫、ですか？　その、やっぱり、お嫌でした、か……？」

皓月の不安そうな顔を見て、優蘭はびくつく。しかし彼の行動が本気だということは、この数週間の間でしっかり把握していた。

ふう、と優蘭は大きく息を吸い込み、吐き出す。

そして勢い良く、顔を上げた。

「いやじゃ、なかったです」

ずっとずっと、考えていた。あのとき唇に口づけをされていたら、どうなっていただろうか、と。

嫌いな人間にされたのであれば、それはもう相手を殴り倒したいくらい嫌な思いをしていただろう。

でも、嫌ではなかった。

むしろ、唇にしてくれたらよかったのに、なんて。

そう考えてしまった自分がいて、そのときは一度大きく頭を打ち付けてしまった。

しかし、あれだけ何度も想像して、伝える言葉を考え抜いた今なら言える。

「皓月。私……私も、皓月が好きです」

そう言って、優蘭は身を乗り出し。

――皓月の唇に口づけをした。

優蘭なりの、精一杯の第一歩だった。

しかし、羞恥心《しゅうちしん》をかなぐり捨ててまでやって良かったと心から思う。

皓月《あなた》がこんなにも驚いて、花のように顔を綻《ほころ》ばせるのなら、もっと早くやればよかった、だなんて。

……調子が良すぎるわよね、私。

そう思って思わず俯《うつむ》いて恥ずかしさを誤魔化していると、ぎゅうっと抱き寄せられる。

驚きのあまり目を見開けば、皓月とばっちり目が合った。瞬間、その目から隠し切れない熱が滲《にじ》み出てきて、ぞくりと背筋が震える。

前回の比ではないくらい色気を視線だけでなく全身に纏《まと》わせた皓月は、優蘭のおとがいに指を添えながら声を弾ませた。

「ああ、優蘭。うれしい、わたし、うれしいです。ふふ、両想い……両想い、ですよね？」

「そ、そそ、そうです、ね……んぅっ!?」

そう言ってから、少し後悔した。動揺しすぎて、完全に気を抜いていたからだ。

だからまさかこれから、何度も何度も口づけをされるなんて思ってもいなくて。

呼吸すら奪うようにいくたびも重ねられる口合わせは、恋愛初心者の優蘭にはいささか刺激が強すぎた。

それでも抵抗しなかったのは、体が熱くてとろけそうになって、それと同じくらい好きだという気持ちが胸を満たしていったからだ。

好き……好き。大好き。

いつも申し訳なさそうなところも、自信なげなところも。なのに大抵のことなら人並み以上できて、でもそれを見せつけないところも。何かあったらいつの間にかそばにいて、優蘭の心に寄り添ってくれるところも好きだ。

こんな、平凡な見た目で、妻らしいことなんて全然できていない私でいいのかな、なんて思う気持ちはもちろんあるけれど。

でも、皓月はそんな優蘭を好きになってくれた。ならきっと、そのことで不安がる必要はないのだろう。

そう思い、優蘭は皓月の胸に縋《すが》りながら口づけをただただ受け止めていた。

そして皓月が満足してようやく接吻《せっぷん》をやめた頃には、優蘭は茹《ゆ》で蛸《だこ》のように顔を真っ赤にしながら、目をぐるぐると回していた。

慌てた皓月が介抱してくれ、なんとか持ち直すが、それでも皓月の腕の中だ。どうやらこれから先、もう離してはくれないらしい。

嬉《うれ》しいような、自分と皓月との境界が曖昧《あいまい》になっていくような感覚にぐっと堪えながらも、優蘭は最後の抵抗にぼそぼそと何やら呟く。

「そ、の。皓月」

「なんでしょうか、優蘭」

「……私のこと、いつから好きだったのですか？」

「え？　優蘭が陛下から簪《かんざし》を賜っていた頃には、もう愛していましたよ？」

「そ、そんなに前から!?」

「はい。だから優蘭も同じでいてくれて、本当に嬉しいです」

年上なのに色々な意味で情けないとか、どうして気づかなかったんだとか、自分に対して言いたいことは山のようにある。

しかしそれも、愛《いと》おしそうに優蘭の髪を撫《な》でてくる皓月の顔を見ていたら、全て吹き飛んでしまった。

彼がひどく嬉しそうだったのでもうなんでもいいのだが、想《おも》いが通じ合った初日からこうではこれから先、優蘭は一体どうなってしまうのだろう。体の内側から破裂しないだろうか、と死ぬほどどうでもいい心配をしてしまう。

するとと皓月は、うとうとと幸せそうにまどろみながら呟く。

「……ねえ、優蘭。これから先何があっても、わたし、優蘭のことだけは守りますね」

「……奇遇ですね。わたしも、皓月のこと、絶対に守ります。お互いを守り合えば、最強ですね」

「……ふふ。優蘭のそういうところが、好き、です。……ふふ、ふ。本当にほんとうに、そう、ですね……」

うつらうつら。

互いの体温を分け合った二人は、そのままゆっくりと、幸福な夢の世界へと落ちていったのだ——

＊

優蘭不在の間に進行し、そして無事に解決した事件は、様々な形をもって終息を迎えた。

まず今回の主犯格である、宦官長《かんがん》・範浩然《はんこうねん》と工部尚書《こうぶしょうしょ》・柳雨航《りゅううこう》の断罪は、宮廷のみならず黎暉大国《れいきたいこく》中を震撼《しんかん》させる大事件となった。執毒事件《しゅうどくじけん》よりも大きな事件として取り扱われたそれはありとあらゆる時報誌の一面を飾った。

彼らの就いていた官職が上だったというのもあるが、宮廷内外問わず芋づる形式で悪人が見つかったというのが一番の理由だった。

おかげさまで、刑部《けいぶ》と御史台《ぎょしだい》は目が回るくらいの忙しさらしい。新年早々仕事に追われている。

優蘭としても、在籍している官吏たちは不憫《ふびん》だと思ったが、あのいけすかない刑部尚書が忙しいというのには、少しばかりすっきりした。

仕事人間ということもありあのようなことをしたのであろうから嫌いではないが、それとこれとは話が別だ。

その上で一つ、優蘭としては嬉しいことが起きた。

執毒事件が彼らが仕組んだものだということも、ここで報じられたのだ。

これには、優蘭だけでなく玄曽《げんそう》と雀曦《じゃくぎ》も泣いて喜んだという。聞けば時報誌でそのように報じるよう指示を下したのは露淵《ろえん》らしいので、少しばかり見直したというのは、また別の話だ。

それもあり、范燕珠《はんえんじゅ》の名前は悪女の代名詞ではなくなった。もちろん全ての人間にとってそうなるまでにはかなりの時間を要するだろうが、彼女の名誉が少しでも回復すればいいと、勝手ながら思っている。

これを機に、後宮内を騒がせていた燕珠の幽霊も無事お祓《はら》いできたとかなんとか。それでいいのか、と思わなくもないが、こういうのは周囲が信じるかどうかが問題というところが強いため、いいということにする。

また今回話題にのぼった遠縁の皇族は、場所を移した上で厳重な監視態勢の下、寺院に軟禁される形となったらしい。柊雪州《しゅうせつしゅう》の珀家の管轄になり、皇帝直々に保護者になるらしい。そうすることで、政治的に利用されそうになるのを防ぐのと同時に、保護者に謀反の疑いが向かわないようにしたそうだ。

白桜州《はくおうしゅう》の暗殺者養成村の住民たちは、引き続き砒素《ひそ》を飲んで禁断症状が出るのを抑えつつ、長期的に生きるための方法を探るらしい。名目上は死んだことにして国内外からの視線を避けつつ、今ある村とは別の場所で穏やかに暮らすそうだ。

それは、皇帝にできる最初で最後の支援だった。

優蘭としてはむしろ、彼らを切り捨てず保護しただけでも驚いた。

しかし名目上は死んだことにしたいため表立って宮廷の人間が動くことはできない。また中には幼い子どももいるため、やはり庇護《ひご》者が必要だろう。

これが皇帝たちにとっての悩みの種だったようだが、自らその役に立候補する人がいた。

夏《か》玄曽だ。

彼は宦官を辞職し、住民たちを保護しつつもう二度と燕珠や丁那《ていな》のような人間が生まれないように未来のことを考えていきたい、と語った。

その心意気を買い、皇帝は玄曽にその役目を託した。

丁那も、玄曽に連れられ新しい居場所へ向かったという。そこでの生活がどんなものになるのかは想像もできないが、せめて心穏やかに過ごしてくれればいいと優蘭は思う。

それにより後宮にいた味方の一人が減ってしまったが、優蘭としては彼の想いを汲《く》みたいと思う。

唯一の心残りは、そんな丁那の心を完全に開くことが、優蘭にはできなかったこと。また、優蘭が帰還する前に玄曽たちが都から立ち去ってしまったという点だ。

死人とされている人間たちをいつまでも放っておけないし、今後のこともあるので急いだのだろうとは思う。しかし挨拶《あいさつ》の一つもできなかったことはやはり悲しかった。

代わりに文が届いていたのですぐに返信を送りつつ、優蘭はそっと彼らの門出を祝うことにする。

そして、今回暗殺者養成村に砒素を卸していた商人は、和宮皇国《かずのみやこうこく》の人間だったそうだ。

丁度よく遠征していた左丞相《さじょうしょう》が現場を押さえたため、今後は不正な薬物売買も減るだろう、というのは本当についでの話だった。

とにもかくにもおそらく、しばらくは各所が事件の対応に追われるだろう。これで宮廷内外共に膿《うみ》を出し切れれば、この黎暉大国もより皇帝の望む形になるだろうと、皓月が言っていた。

皇帝の望む形の国というのは、『他国と良好な関係を続けつつ、他国の文化を柔軟に取り入れより強い国を作ること』だという。

途方もないが確かな道筋を、皓月は皇帝と一緒に見つめていた。

優蘭の立場としては、今そこにようやく参加することができたという形か。

どちらにせよ、優蘭のやることは変わらない。後宮をこれからも平和に保てるよう、努力を重ねていくだけだ。

——そして犯人たちを断罪した日の翌日。優蘭は仕事に復帰していた。

本当はもっと自身の屋敷《やしき》で休んでからでも良いのでは？と言われていたのだが、郭家では休みに休んだので動かないほうがきつかったからだ。

というより、私は今回の件本当に何もしていないし……。

文字通り、優蘭は範浩然と柳雨航によってもたらされた賢妃《けんひ》暗殺未遂容疑の件全てに関わっていなかった。自分が下手に関わればどうなるのか、痛いくらい分かっていたからだ。

だから関わりたい気持ちをぐっと堪《こら》え、おとなしくしていたのだ。

また疑惑をどのようにして晴らすのかという話自体は紅儷《こうれい》から軽く聞いていたが、断罪があのような形で行なわれるなど全く予想していなかった。

なので若干の混乱と疎外感が、未《いま》だに抜けない。

しかし皓月と離縁せずにすんで良かったこと。また久々に、自身の生き甲斐《がい》とも言える仕事に復帰できたこと。それは本当に喜ばしく、胸が躍る。

胸が躍るはずなの、だが。

「ごきげんよう、お義姉様《ねえさま》。今後ともどうぞよろしくお願いします」

優蘭は、復帰早々頭を抱えることになった。


ええっと……これは一体、どういうことなのかしらね……？

ガタゴトと出勤時の馬車内で揺られながら、優蘭は愛想笑いを浮かべた。

その向かい側には、同じ顔が二つある。

一つは、つい先日想いが通じ合い、本当の意味で夫婦になることができた夫、珀皓月の姿だ。いつも通り紫色の衣に袖《そで》を通した姿は、とても美しい。優蘭の目がおかしくなっているのか分からないが、いつもの二割増しほど顔がよく見える。そんな彼は、申し訳なさそうな顔をして優蘭を見つめている。

そしてもう一つが、その夫とほぼ同じ顔をした女性の姿だった。違いと言えば、泣き黒子《ぼくろ》の位置が逆ということくらいだろう。

名を、蕭麗月《しょうれいげつ》。

訳あって親戚《しんせき》筋に預けられていた、皓月の実の妹。しかも双子の妹だという。

まったく予期せぬ情報を皓月から伝えられた優蘭は、だらだらと内心汗をかいていた。

私、一体どの辺りの情報からつっこめばいいのかしらね……?

と思ったが、色々な情報が頭の中で巡っていて言葉にならない。そんな優蘭を気遣いながら、皓月は麗月の説明をさらに付け足してくれる。

「ええっと、優蘭。麗月は実を言いますと、女官の蕭麗月が女だということを証明する際、わたしと入れ替わってくれた人です」

「……あ、ああ！　あの！」

ずっと謎だった一件が、今解決した！

そう。ずっと気になってはいたのだ。皓月本人がどう頑張ったところで、服を脱げば男とばれてしまう。にもかかわらず、皓月は自身が公主ではないという証明をすると言った。となると、考えられる手は限られてくる。優蘭が有力だと思った手は、皓月似、あるいは化粧で皓月と見間違うくらいの容貌《ようぼう》になれる、女性の影武者がいる、だった。

だが、皓月ほどの美しさを持ちつつ、彼のふりができる人間などほぼほぼいない。影武者のようなものがいたとしても、そこまでの人を用意できるのか、という疑問がずっとあったのだ。正直、こんな美人が何人もいたら国が傾いてしまうし。いて欲しくない、というのが本音だ。

しかしそれが双子で、というならば納得できる。しかも今目の前に二人が並んでいるのを見れば、上手《うま》い具合に偽造できたことも分かるというものだ。

そう優蘭が勝手に理解を深めていると、今度は何故《なぜ》か麗月のほうが微妙な顔をする。

「……あの、お義姉様？」

「は、はいはいっ？　なんでしょう？」

「わたしがこう言うのもどうかと思うけれど……わたしのこと、恐れたりとか、気持ち悪いって思わないんですか？」

「……ああ、双子のことですか？」

黎暉大国では、双子は忌み子だとする風習が残っている。麗月が言いたいのはそういうことだろう。

が、優蘭としては特に気にしない。

「珍しいので驚きはしますが、特になんとも思いませんね。異国では普通に双子を見かけましたし、それで天災が起きたという話も聞きませんしね。恐らくですが、同じ顔が二つあるという点を気味悪がっただけなのではないかと思ってます」

そうあっけらかんと言い切れば、麗月は驚き、皓月は嬉《うれ》しそうな顔をした。予想通り、といったような夫の表情に、優蘭は困惑する。

昨日の今日でもあるし、視線がこそばゆい……っ。

さらに言うなら、優蘭は「特になんとも思わない」と嘘《うそ》を吐いてしまった。

なんとも思わないわけがないわ……だってこんなにも皓月に似ていたら、顔を見るたびに違った意味でドキドキしてしまう……！

何度でも言おう。優蘭はつい最近自身の想《おも》いを自覚して、昨日ようやく両思いであったことを知った恋愛初心者なのだ。それなのにこんな状況になれば、動揺くらいするものだと心の中で言い訳をする。

そう内心どぎまぎしていたら、麗月はふ、と表情を緩める。そして嬉しそうに笑った。

「……さっすが、皓月が選んだ奥さんね」

「でしょう？」

「ほんと。わたしも気に入っちゃったわ、皓月」

「気に入るのは良いですが、わたしの妻ですから。そこだけは忘れずに」

なんの話をしているのか分かりませんが、わたしの妻呼びがとても心臓に悪い……。

思わずうずくまりたい気持ちをこらえながら、しかし優蘭は決して大切なことを忘れてはいなかった。

なのでとりあえず本題に入ろう、と自分から話題を振ることにする。

「ええっとですね、その。ただ、一つ質問よろしいですか？」

「あら、なんでしょうか、お義姉様」

「……その麗月様がどうして、出勤の馬車に乗っていらっしゃるのでしょう……？」

「様付けなんて水臭いです、呼び捨てでいいですよ。そしてああ、それ。わたし、後宮で女官として働くことにしたんです」

「……へ」

「あ、陛下には許可をもらってありますから！　ついでに夜這《よば》いなんかしてきたら殴るし、もしそんなことになったら珀家が敵に回るって言ってあるから大丈夫です！」

それは国が傾くこともないし、優蘭の頭がこれ以上痛むこともないので大変喜ばしい状況なのだが。

ほ、本気か……というか、大丈夫なのそれは。

――しかしそこからさらに話を聞いていくにつれて、それも悪いことではないように思えてくる。

そもそも、『蕭麗月』という女官が後宮にいられるのは優蘭が後宮入りを果たしてから大体一年ほどにしよう、と皇帝とは話していたらしい。それ以上となるとばれる確率も上がるし、皓月への負担も大きい。目立たないようにしていれば、それっぽい理由を付けて後宮から出すことも簡単だと、当初は思っていたらしい。

が、健美省《けんびしょう》なんていうものができた上に、公主疑惑というのもあって、『蕭麗月』の名前は後宮内外問わず広まってしまった。こうなってしまえば、存在を消すことは容易ではない。

かと言って、これ以上となると皓月への負担が倍増するだけ。

さてどうしようか、というのを、皇帝は一応考えていたらしい。

そこで白羽の矢が立ったのが、『蕭麗月公主疑惑』を晴らすために辺境から急遽《きゅうきょ》呼び出された、同じ名前を持つ本人だ。

優蘭の軟禁中に、どうやら麗月は皓月と入れ替わって右丞相《うじょうしょう》としての仕事をこなしていたらしい。もちろん完璧《かんぺき》、というわけにはいかなかったが適応能力はとても高く、教えられたことはすんなりこなし、とても初めてとは思えない仕事っぷりを見せたそうだ。

そのときに、麗月は皇帝から話を受け、麗月自身も「面白そうだから」という理由で引き受けた――

というのが、あらましだとか。

優蘭に相談なく決めるのはどうなのかとか、色々と言いたいことはあるが、しかし優蘭としてもありがたいことだったので今回ばかりは何も言わずに黙っておく。

皓月と一緒にいられる時間は確かに減るが、その分皓月への負担は減るし、優蘭としても部下が減らずに助かる。健美省はまだまだ新しい部署なので、人員が一人減るだけでもかなり大変なのだ。

そういった思いもあり、良かった良かったと頷《うなず》いていると、麗月が「あ」と声を上げる。

「もし後宮内で逢引《あいび》きとかしたくなったら、言ってくださっていいですからね。お義姉様。わたし、喜んで入れ替わりますから！」

「……へっ⁉」

「麗月……」

まさかの発言に、優蘭は素っ頓狂《とんきょう》な声を上げてしまった。顔が熱いので、今きっと真っ赤になっているだろう。

皓月が呆《あき》れた顔をして麗月を見ているが、彼女自身はどこ吹く風だ。むしろ楽しそうに鼻歌を歌っている。

これから何か起きる予感がひしひしとするが、全く予想ができない。

それだけでもういっぱいいっぱいなのに、馬車から降りる前に皓月が口づけをしてきて、情緒がさらにおかしくなってしまった。

やめて……！　兄妹《きょうだい》して、私の心を弄《もてあそ》ばないで……‼

しかし皓月は優蘭の反応に喜んで嬉しそうな顔をしているし、怒るに怒れない。むしろ可愛《かわい》いとか好きとかいう考えばかりが頭をよぎっていくのだが、どうしてくれるのだろうか、この夫は。

麗月にからかわれながらそれからなんとか出勤したが、ここでさらに一つ問題が起きる。

健美省の面々に号泣されながら迎えられ、挙句抱き着かれて押し倒され圧死しかけたのだ。そこからさらにひと悶着《もんちゃく》起きたことは、また別の話。

――そんな、新年早々波乱万丈な優蘭の復帰初日の仕事は、紫薔《ししょう》の元へ挨拶《あいさつ》をしに行くことだった。

「お久しぶりです、貴妃《きひ》様。本日のお召し物、染めのお色がお美しいですね。貴妃様によくお似合いです。そして皇子様を無事にご出産なされたと伺いました！　本当におめでとうございます！」

蘇芳宮《すおうきゅう》の客間にて。

優蘭は邂逅《かいこう》早々、半泣きになりながら祝いの言葉を述べた。ついでに侍女たちに、用意しておいた出産祝いの品を渡しておく。

そんな優蘭を見た紫薔は、若干引きながらも「ありがとう」と言ってくれる。

「わたくしのことより優蘭でしょう？　おかえりなさい、疑いが晴れて良かったわ」

「いやいやいや。わたしのことなどよりも、貴妃様のほうです。……というより現場に立ち会えなかったことが心底悔しいのですがそれはどうしたら良《い》いでしょうか……」

優蘭は心の底から凹《へこ》んでいた。思わず早口になるくらいに凹んでいた。

それはそうだろう。優蘭が後宮に入った辺りで紫薔の懐妊が判明し、そこからずっと母子の様子を窺《うかが》ってきたのだ。出産現場には立ち会えなかったとしても、生まれた日に一番乗りで「おめでとうございます！」と挨拶に行きたいと、常々思っていた。

出産とはそれくらい、命の危険を伴うものなのだ。その上こんな、毒殺暗殺が日常的に起こるような場所でこうして無事子どもを産むことができたのだ。感動もひとしおである。

そんな気持ちもあり、優蘭は嬉しさと同じくらい虚《むな》しさに打ちひしがれていた。

そんな優蘭に、紫薔は呆気《あっけ》に取られてから笑う。

「もう、優蘭ったら。自分が一番危なかったのよ？　なのにそんなこと、全然気にしてないみたいじゃない」

「いえ、それはもちろん嬉しいですし本当に本当に感謝しているのですが、そもそもこんなクソみたいな事件が起こらなければ私はその場に駆けつけることができたわけですよ。そう思うと、喜びよりも憎しみが込み上げてきてですね……」

「久々に会ったからか、いつになく激しいわね……」

本日二度目となる、紫薔の引きである。

どうやら、一ヶ月近くも会っていないこともあり、優蘭の情緒もだいぶおかしくなっているらしい。

少し深呼吸をしてから自分の発言を見直してみたが、確かに正気を疑いたくなる感じだった。

妃様方《きさき》をドン引きさせてどうするのよ私。落ち着け。

自分に内心つっこみを入れていると、口元に扇子を当てた紫薔が笑みを浮かべる。

「そんなに言うんだったら、是非見て行って。わたくしの可愛い息子を」

そう言い、紫薔は自身の傍らに置いた籠《かご》に視線を送る。

許可をもらって恐る恐る近づけば、そこには赤子が横たわっていた。

見るからに肌が柔らかいことが分かる、ふよふよした生き物だ。おくるみに包まれて体の全体は見えないが、本当に小さい。どうやら眠っているらしく、すうすうという寝息を立てている。

その姿を見た優蘭は、悶絶《もんぜつ》しかけた。が、これ以上ドン引きされるのはまずいと思い気合いでなんとかする。

しかし内心では、その姿の虜《とりこ》だ。

か、かわいい……！

髪はまだしっかり生えていないが、おそらく黒だろう。ほっぺたがぷにぷにで、手も小さくて爪も当たり前だが小さい。本当に生まれたばかりの、無垢《むく》な赤子だった。

優蘭は自分の気持ちを落ち着けてから、そっと口を開く。

「お名前は、決められたのですか？」

「ええ。陛下と決めたの、紫劉《しりゅう》にしましょうって」

そう言って、紫薔はどんな漢字を書くのかを見せてくれる。それを見た優蘭は「良いお名前ですね」と褒めつつ推測した。

きっと、貴妃様のお名前と陛下のお名前から取ったのでしょうね。

待望の子、しかも男子ということもあってか、劉亮《りゅうりょう》自身もだいぶ張り切っているように思える。

これから先、一体どちらに似てくるのか。それを含めて楽しみだなと思うと同時に、わずかばかり不安も押し寄せてくる。

第一皇子。これから先確実に、政争に巻き込まれていく立場だ。何が起きるか、優蘭にも見当がつかない。

だが何が起きたとしても、優蘭が行なうことが変わることはない。母子共々、彼らの行く末を陰ながら守っていく。

紫薔と赤子の姿を見て、優蘭はそのことを改めて胸に刻んだのだった。

そして、世界が一面銀色に覆われて。冬が深まっていく。

しかしいずれ雪が融《と》けて、新芽が顔を覗《のぞ》かせて。花々が蕾《つぼみ》をつけて、可愛らしい姿を一斉に覗かせるのだ。

そうして春がくる。

——寵臣《ちょうしん》夫婦にとっての、二度目の春が。

あとがき

お久しぶりです、しきみ彰《あき》です。

五巻はいかがでしたでしょうか？　今回は私が歴代「後宮妃の管理人」の中でも最多文字数を叩《たた》き出《だ》してしまったせいで尺がないため、挨拶もほどほどに本題へ。

五巻は四巻と合わせて、『寵臣《ちょうしん》夫婦の話』になります。三巻までは妃嬪《ひひん》たちのことばかりに目を向けていた夫婦が、四巻五巻を経て本当の意味で『夫婦』になればいいなと思ってストーリーを組み立てました。その過程で、後宮にずっと根を張っていた巨悪を倒すという形にしています。

いかんせん敵もしつこい上に根が深いので優蘭《ゆうらん》たちのピンチも多めでしたが、その分最後はスカッとできたかなと思います。浩然《こうねん》、雨航《うこう》視点では「何考えてんだこいつら、気持ち悪いな」と思ってもらえたら作者としては大満足です。

また五巻はサブタイトルからも分かるように、二人の恋愛面での進展も多め。優蘭が己の心と向き合った末、皓月《こうげつ》と想《おも》いを通わせました。一巻から徐々に距離を縮めていた二人が、五巻にしてようやくです。そのため、糖度は一番高くできたかなと……皓月視点多めで四巻とはまた違った意味で苦戦しましたので、その点も含めて楽しんでいただけたなら嬉《うれ》しいです。

そして今回、四巻での伏線を結構回収しています。蕭麗月《しょうれいげつ》の件とか、陶丁那《とうていな》の件とか。表紙のバックにいるのもこの二人です。皓月も初めて男バージョンで表紙に登場！　これも五巻まで出せたお陰なので、読者の皆様、本当にありがとうございます！

また、五巻発売の一か月ほど前に、コミックス三巻も発売しています。原作二巻の、優蘭が静華《じょうか》にブチ切れて、泣き出した梅香《ばいこう》を優蘭が宥《なだ》める部分までが、廣本《ひろもと》先生の手によってコミカルに描かれています。面白いので宜《よろ》しければ読んでみてくださいね。

Izumi先生による表紙も、今回もとても美しく仕上げていただきました。優蘭と皓月が笑顔で前向きな感じがいいですよね。キーアイテムの柊《ひいらぎ》と茉莉《まつり》花《か》の模様もしっかり描いていただいています。ぜひその辺りにも注目してください！

読者の皆様も、ここまでお付き合いくださりありがとうございました。無事、二人の恋路の決着まで書き上げることができました。次は本当の意味で夫婦になれた、糖度マシマシいちゃいちゃな二人もお届けできたら、と思っています。

それではまた近いうちに、お会いできるのを願って。

お便りはこちらまで

〒一〇二―八一七七
富士見L文庫編集部　気付
しきみ彰（様）宛
Izumi（様）宛

富士見L文庫

後宮妃《こうきゅうきさき》の管理人《かんりにん》 五
～寵臣夫婦《ちょうしんふうふ》は愛《あい》を知《し》る～

しきみ彰《あき》

2021年9月15日　初版発行
2024年10月30日　7版発行

発行者　山下直久
発　行　株式会社 KADOKAWA
〒102-8177　東京都千代田区富士見2-13-3
電話　0570-002-301（ナビダイヤル）

印刷所　株式会社 KADOKAWA
製本所　株式会社 KADOKAWA
装丁者　西村弘美

定価はカバーに表示してあります。　◆◇◇

●お問い合わせ
https://www.kadokawa.co.jp/（「お問い合わせ」へお進みください）
※内容によっては、お答えできない場合があります。
※サポートは日本国内のみとさせていただきます。
※Japanese text only

ISBN 978-4-04-074179-6 C0193